Orange
橘子洲

浮世猫态

かわいいねこ

〔日〕夏目漱石　宫泽贤治　等　著

崔蒙　译

江苏凤凰文艺出版社
JIANGSU PHOENIX LITERATURE AND ART PUBLISHING

图书在版编目（CIP）数据

浮世猫态 /（日）夏目漱石等著；崔蒙译 . -- 南京：江苏凤凰文艺出版社，2022.5

ISBN 978-7-5594-6720-1

Ⅰ. ①浮… Ⅱ. ①夏… ②崔… Ⅲ. ①短篇小说－小说集－日本－现代②散文集－日本－现代 Ⅳ. ① I313.15

中国版本图书馆 CIP 数据核字 (2022) 第 050478 号

浮世猫态

（日）夏目漱石等 著　崔蒙 译

策　　划	橘子洲文化
监　　制	王　瑜
责任编辑	白　涵
特约编辑	王云婷
营销统筹	杨　迎
装帧设计	小贾设计
绘　　图	三　乖
内文排版	李会娟
出版发行	江苏凤凰文艺出版社
	南京市中央路 165 号，邮编：210009
网　　址	http://www.jswenyi.com
印　　刷	山东临沂新华印刷物流集团有限责任公司
开　　本	880 毫米 ×1230 毫米　1/32
印　　张	7
字　　数	146 千字
版　　次	2022 年 5 月第 1 版
印　　次	2022 年 5 月第 1 次印刷
书　　号	ISBN 978-7-5594-6720-1
定　　价	49.80 元

江苏凤凰文艺版图书凡印刷、装订错误，可向出版社调换，联系电话 025-83280257

“小猫啊，

跟藏在叶子下的瓜，

睡作了一团。”

——小林一茶

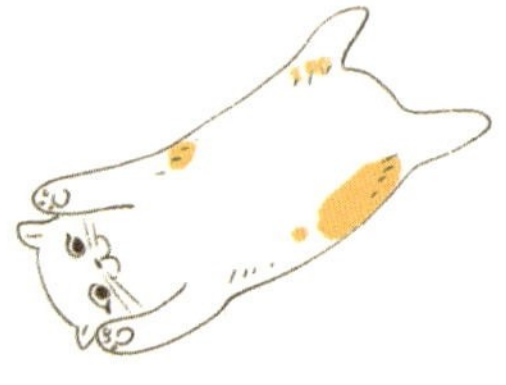

CONTENTS

目录

もくろく

どんぐりと

橡子与山猫

どんぐりと山猫

・宫泽贤治

一个周六的傍晚，一张有些奇怪的明信片送到了一郎家。

金田一郎先生：
你最近过得很愉快，这很好。
明天有个麻烦的官司，望你过来一趟。
请不要携带武器。
山猫拜上
九月十九日

明信片的内容就是这些。字写得乱七八糟，墨蹭得到处都是，都沾到手指上了，但一郎却高兴极了。他悄悄地把明信片放进书包里，在家里连蹦带跳的。

就连躺到床上以后，一郎还在想着山猫的那张笑脸以及麻烦的官

司会是什么情况，直到很晚都没睡着。不过，等一郎睁开眼睛的时候，天已经大亮了。到外面一看，周围的山像刚刚形成似的，湿润的，高高耸立着，在湛蓝的天空下连成一线。

一郎匆忙吃了饭，一个人沿着山谷溪边的小路向上游走去。

清新的风呼呼吹过，栗子树上噼里啪啦地掉下很多栗子。

一郎抬头看着栗子树问道："栗子树、栗子树，山猫从这儿经过了吗？"

栗子树略微沉默了一会儿，回答说："山猫啊，它今天一大早坐着马车往东边飞过去了。"

"东边就是我要去的方向呀，好奇怪啊，不管了，我再往前走走看吧。谢谢你呀，栗子树。"

栗子树没说话，又开始噼里啪啦地掉栗子。

一郎又走了一段路，来到了吹笛瀑布。

之所以叫吹笛瀑布，是因为在白色山石崖的中间有一个小洞，水发出像笛子一样的声音从里面流下来，形成一道瀑布，轰鸣着落到山谷里。

一郎对瀑布喊道："喂，喂，吹笛，山猫从这儿经过了吗？"

瀑布"嗡嗡"地回答："山猫刚才坐着马车往西边飞过去了。"

"好奇怪啊，西边是我家的方向啊。不过我再走走看吧。吹笛，谢谢你。"

瀑布像刚才一样继续吹着笛子。

一郎继续走了一段路，看见一棵山毛榉树下，很多白色的蘑菇组成了奇怪的乐队，正“咚咚当当”地敲着鼓点。

一郎困惑地歪着头说：“南边是那边的山里啊，好奇怪啊。我再走走看吧，蘑菇，谢谢你。”

蘑菇们都忙着乐队演奏，“咚咚当当”地继续敲。

一郎继续走了一段路，看见一棵胡桃树的树梢上，有一只松鼠正在蹦蹦跳跳。一郎立刻招手让它停下来，问道：“喂，松鼠，山猫从这儿经过了吗？”

松鼠站在树上，用手遮着额头俯视着一郎回答：“山猫啊，今天早上天还没亮，它就坐着马车往南边飞过去了。”

“往南边去了，两个不同的地方都这么说，真是太奇怪了。不过我还是再走走看吧。松鼠，谢谢你。”

松鼠已经不见了踪影，只剩胡桃树高处的枝丫还在摇晃，旁边山毛榉树的树叶微微抖动着。

一郎继续走了一段路，山谷溪边的小路已经越来越细，最后消失不见了。不过小溪南边还有一条小路，通向漆黑的榧树森林。一郎沿着那条小路往上走。

榧树的树枝层层叠叠，林中一片漆黑，连一点天空都看不到。这时，小路开始出现一道很陡的斜坡。

一郎走得满脸通红，汗一滴滴地掉下来，可是一到斜坡顶上，周围顿时变得明亮了，甚至有点刺眼。那里是一片金色的草地，草在风中沙沙作响，周围是橄榄色的高大榧树森林。

在草地正中央，有一个个子很矮、长相奇怪的男人，手里拿着一

根皮鞭，弯着膝盖默默地看着这边。

一郎走到那个男人旁边，大吃一惊，停下了脚步。原来那个男人是个独眼龙，他那只看不见的眼睛是白色的，还不时抽动着，身上穿的衣服也很奇怪，又像外套又像短和服，最主要的是，他的腿就像弯得厉害的山羊腿，而他的脚尖竟然是盛饭的饭勺的形状。

一郎觉得有点恶心，却还是尽量平静地问道："你认识山猫吗？"

那个男人斜着眼，看看一郎的脸，咧开嘴笑了一下说："山猫大人很快就会回来。你是一郎吧？"

一郎吓了一跳，往后退了一步说："嗯，我是一郎。可是，你是怎么知道的？"

那个奇怪男人的笑容更大了："所以说，你看到明信片了？"

"看到了，所以我才过来的。"

"那明信片上的句子写得太差了。"男人低下头难过地说。

一郎觉得他有点可怜，就说道："是吗？我觉得写得相当不错呢。"

男人高兴了，"呼呼"地喘着气，脸红到了耳朵根，他敞开和服领子让风吹进去，又问："字也写得不错吗？"

一郎不由得笑了起来，回答说："写得很好，就是五年级的学生也写不了那么好呢。"

男人听了又露出难过的表情。

"你说的五年级学生，是普通小学的五年级学生吗？"

他的声音有气无力的，听起来很可怜。

一郎赶紧说："不是，我说的是大学的五年级学生。"

男人听了以后又高兴了，笑得好像满脸都是嘴巴一样，喊了起来："那张明信片就是我写的！"

一郎忍着笑问道："那么你到底是谁呢？"

男人立刻认真地说："我是山猫大人的马车夫。"

这时，一阵大风吹来，草地如波浪般起伏翻涌，马车夫急忙恭敬地行礼。

一郎觉得奇怪，回头一看，只见穿着黄色披风的山猫正瞪圆了绿色的眼睛站在那里。

山猫的耳朵果然是尖尖地竖着啊，一郎心想。这时山猫深施一礼，一郎也礼貌地跟它打招呼。

"啊，你好。谢谢你昨天寄来的明信片。"

山猫"啪"地拉直胡须，挺着肚子说："你好，辛苦你跑这一趟。实际上从前天开始就有一起很麻烦的纠纷，我有点拿不准该怎么判，所以想问问你的意见。你先好好休息吧。过一会儿橡子它们应该就会过来。真是的，每年都为这个官司头疼。"

山猫说着从怀里拿出盒烟，自己叼上一根，又递给一郎："来一根吗？"

一郎吓了一跳："不用了。"

山猫很气派地笑了："嗯，还是太年轻啊。"说着，它"唰"地划了一根火柴，故意皱着眉吐出一口蓝色的烟雾。

山猫的马车夫以立正的姿势笔直地站在旁边，好像正在拼命地忍

住想要抽烟的念头，憋得眼泪都掉了下来。

这时，一郎听见脚边传来好似盐巴裂开般噼里啪啦的声音。他吓了一跳，蹲下来查看，发现草丛里到处都是金黄色的圆溜溜的东西，还闪着亮光。

仔细一看，原来那些都是穿着红裤子的橡子，数量可能都要超过三百个了，而且它们在叽叽喳喳地说个不停。

“啊，来了。像蚂蚁似的过来了。喂，是时候了，赶快敲铃吧。今天那个地方阳光好，把那儿的草割掉。”山猫扔掉手里的烟，急忙吩咐马车夫。

马车夫慌忙从腰上摘下大镰刀，“唰唰”几下把山猫面前的草割掉了。于是从周围的草地里跑出很多闪闪发亮、吵吵嚷嚷的橡子。

马车夫“叮叮当当”地敲响了铃铛。铃声在榧树林里不断回响，金黄色的橡子们也稍微安静了下来。而山猫不知什么时候穿上了一件黑色的缎子长袍，颇有威严地在橡子们前面坐了下来。

一郎心想，这个场景简直就像众人参拜奈良大佛的图画。马车夫挥了两三下皮鞭，发出“咻——啪”的声响。

天空湛蓝，原野无垠，橡子们闪着光亮，实在是一幅美景。

“今天已经是审判的第三天了，你们差不多就和好吧怎么样？”山猫看起来忧心忡忡，却又强作威严地说。

可橡子们纷纷喊道：“不行不行，那可不行，不管怎么说也是尖脑袋的最厉害，我的脑袋就是最尖的。”

熊 くろ
たぬきちやいろ
一勇斎国芳戯画

狐こん

“不对，才不是呢。是脑袋圆的最厉害，最圆的就是我了。”

“要看大小！大的才是最厉害的，我就是最大的，所以我最厉害。”

“你说得不对。我比你大多了，昨天法官不是这么说了吗？”

“你说的怎么能行呢？还得是个子高的。个子高的厉害。”

“得看谁力气大，用力气决定。”

橡子们你一言我一语，吵吵嚷嚷，就像捅了马蜂窝一样，根本听不清它们到底在说什么。

这时，山猫高声道：“太吵了！你们把这里当成什么地方了！安静！安静！”

马车夫“咻——啪”地挥响鞭子，橡子们终于安静下来了。

山猫把自己的胡须捻直，说道：“今天都已经是审判的第三天了，你们赶紧和好吧。”

橡子们听了又说起来了。

“不行不行，那可不行，不管怎么说也是尖脑袋的最厉害。”

“不对，才不是呢，是圆脑袋的最厉害。”

“不对，是个子大的最厉害。”它们又吵嚷了起来，让人听不清说的到底是什么了。

“住口！吵死了！你们把这里当成什么地方了！安静！安静！”

马车夫“咻——啪”地挥响鞭子，山猫捻直胡须说道：“今天都已经是审判的第三天了，你们赶紧和好吧。”

“不行不行，那可不行，脑袋尖的……”橡子们又吵开了。

山猫叫了起来："太吵啦！你们把这里当成什么地方了！安静！安静！"

马车夫"咻——啪"地挥响鞭子，橡子们安静下来。

山猫悄悄对一郎说："你看，就是这样。该怎么办才好呢？"

一郎笑着回答："你就这样说吧。你们里边最笨、最糊涂、简直什么都不是的才最厉害。我听讲经里是这么说的。

山猫恍然大悟地点点头，接着它端起架势，把袍子的领口敞开，稍微露出一点里面的黄色披风，对橡子们说："好，保持安静，我宣布结果了。你们里面最笨、最糊涂、最不像样、脑袋最扁的那个，就是最厉害的。"

橡子们一点声音都没有了，就这么安静地呆立在原地。

山猫脱下黑缎子长袍，擦擦额头上的汗，握住了一郎的手。马车夫也特别高兴，"咻——啪""咻——啪"地连挥了五六下鞭子。

山猫说："太感谢了。这么麻烦的官司，你竟然只用一分半的时间就给解决了。请你往后一定要担任我这个法院的名誉法官。以后如果收到明信片，请你务必要过来啊。我每次都会准备谢礼的。"

"好的，不过谢礼就不用了。"

"不，谢礼一定要收下，这关系到我的人格。还有，以后明信片的收信人就写金田一郎，落款就写法院，可以吗？"

一郎说："嗯，没问题。"

山猫好像还想说什么，它捻着胡须，眼睛一眨一眨的，终于下定决心似的对一郎说：“还有，明信片的内容就写‘因有事情，明日请务必到场’。你看怎么样？”

一郎笑着说：“嗯，感觉有点奇怪，还是别这么写了。”

山猫好像十分遗憾自己说得不好，捻着胡须低着头，过了一阵子才终于放弃：“那明信片的内容就还按之前那么写吧。对了，今天的谢礼你更喜欢哪个，一升金橡子，还是一升咸鲑鱼头？”

“我喜欢金橡子。”

山猫好像很乐意看到一郎没选鲑鱼头，它迅速对马车夫说：“快去拿一升橡子，如果不够一升就掺点镀金的，动作要快。”

马车夫把刚才的橡子放进量筒里，称过后高喊道：“刚好一升！”

山猫的披风在风里猎猎作响。这时，山猫伸了一个大大的懒腰，闭着眼睛，半打哈欠地说：“好，快去准备马车。”

一辆由白色大蘑菇做成的马车被拉了过来，拉车的是一匹鼠灰色的奇形怪状的马。

“来吧，我送你回家。”山猫说。两人上了马车，马车夫把装着橡子的量筒放进车里。

咻——啪。

马车飞离了草地。树和灌木丛像烟雾一样袅袅晃动。一郎看着金橡子，山猫故作不知地看着远方。

随着马车不断前行，橡子渐渐失去了光亮，等马车停下来的时候，就已经变成了随处可见的褐色橡子。

而山猫的黄色披风、马车夫还有蘑菇马车都一起不见了。只有一郎拿着装满橡子的量筒站在自己家门口。

从那以后，“山猫拜上”的明信片再也没寄来过。

一郎有时会想，早知道当时就说可以写“务必到场”了。

一郎蹲下来问：“喂，蘑菇，山猫从这儿经过了吗？”

蘑菇回答说：“山猫啊，它今天早上一大早坐着马车往南边飞过去了。”

透明猫

透明猫

透明猫

·海野十三

山崖下的路

青二正走在山崖下，这条路他早已经走惯了。

山崖上面有几排很好的房子，其中还有不少红屋顶的洋房。

山崖下有一条路。路的一边离山崖稍微远一点，下方是杂草丛生的矮堤，靠近山崖的那边则是用焦黑的枕木做成的篱墙，中间是轨道，会有火车从上面驶过。

青二每天都要在这条路上往返，因为他要给在广播电台工作的父亲送晚饭，所以他只在傍晚从这里走过。

那天也是一样，青二把饭盒送到广播电台后门的收发室，做门卫的父亲给了他一支铅笔作为跑腿的奖励，他把铅笔装进兜里，沿着山崖下的路向家中折返。

天很快就微微暗下来了。这时还是初春，天阴沉沉的，西边的天空密云笼罩，天暗得很早。

青二吹着口哨，一首接一首地吹着自己喜欢的歌，开心地走在路上。

这时，路边传来“喵”的一声猫叫。

青二特别喜欢猫，之前家里有一只名叫小咪的猫，被附近的狗围攻，

被残忍地咬死了，当时青二难过得号啕大哭。小咪死后，青二家就没再养过猫了。

“喵——”猫又在路边叫了一声。好像是在山崖下面的草丛里。

青二停止吹口哨，向猫叫的方向走去。

可他没看到猫。也许是跑掉了吧，青二正想着，却又听到“喵——”的一声。

青二非常惊讶，因为传出猫叫声的草丛就在他面前，甚至可以说就在他鼻子底下。

但他还是没看到猫。

青二往后退了退，脸色都变了。古怪的事确实发生了。他的确听到了猫叫声，却根本看不见猫。

“喵——嗷。”猫又叫了。青二瑟瑟发抖，这时，他想到一件事。

难道说，是死去的小咪的灵魂出现了？

死去的人的灵魂出现了，这种传说青二听过不少。可是死掉的猫的灵魂出现，这种传说他真的从来没听说过。不过现在也只有这一种解释了。

“喂，是小咪吗？”

青二把心一横，用颤抖的声音问道。

从同一个地方传出了“喵——”的一声回答。

“啊！”青二吓得叫了一声，一下子蹲到地上。因为那时他突然发现野草上方有两个闪光的东西。

那奇怪的东西到底是什么啊？亮晶晶地闪着光，还是两个，整齐地排列着。有四五个弹珠汽水里的玻璃球那么大，整体是淡蓝色的，只有正中间的部分是黄色的，最中心还是黑色的。

真像眼珠啊，到底是什么呢?

“喵——嗷”，青二突然听到撒娇似的叫声，好像就是从那两个圆珠旁边传出来的。

青二虽然非常害怕，但又特别想弄清楚那两个闪光的东西到底是什么。于是他鼓起勇气走进草丛，伸出双手想要抓住那两个圆珠。

“哇！”青二匆忙缩回手，吓得跳了起来。因为在碰到圆珠之前，他的手掌碰到了硬硬的、毛发一样的东西。

算了，还是跑吧。虽然有这个想法，但本来就好奇心极强的青二还是止住了脚步，再次向那两个圆珠的方向伸出双手笼了过去。

“啊——”青二感受到不可思议的触感，他摸到的好像是一个毛茸茸的动物脑袋。

不可思议的发现

“很像猫的脑袋，可是猫的脑袋会看不见吗？”真奇怪啊，青二心想。

不过这时，他已经冷静了不少。他又一次摸了摸那动物毛茸茸的脑袋，之后又战战兢兢地往下摸去。

真是太让人惊讶了，那感觉确实是一只猫。也有尾巴，在活泼地

动来动去。掌心也跟猫的掌心一模一样，还有爪子。可就是完全看不见。

青二虽然惊讶，但还是继续查看。

看来自己看到的那两个圆珠，应该就是这只猫的眼珠了。

之后他还有一个新发现。这只看不见的猫的两条前腿被细细的橡胶带绑在了一起。橡胶带垂在草丛里，如果不仔细看根本发现不了。

现在青二的好奇心已经远远超出害怕了。

他把那只猫似的奇怪动物抱了起来，感觉也的确是猫的重量。青二把它抱紧，回到路上，往自己家走去。

这动物很老实，已经不叫唤了。它团着身体缩在青二怀里。青二感受到动物的体温。

这动物好像睡着了。

这到底是什么呢？就算是猫的灵魂吧，那也太奇怪了……

青二说不清这奇怪动物的真实身份。

总算到家了。

说完一句“我回来了”，青二就立刻上了二楼。

在回家的路上，他本打算把捡到一只很像猫的奇怪动物的事告诉母亲，但想了想，他还是觉得不能说。如果母亲知道自己捡来了一个这么奇怪的东西，该有多害怕啊。而且她肯定会让自己赶快把它扔掉。好不容易担惊受怕地捡了回来，再把它扔掉，就变得没意思了。这么一想，青二就抱着那奇怪的动物直接上了二楼，来到自己的房间。

虽然上了二楼，但青二还是有点苦恼。该把这可疑的动物放在哪儿呢？如果就这么放下不管，它肯定会跑出去吧？逃走了可不行啊。

放在壁橱里？不行，猫没事就爱抓隔扇，放在壁橱里可没法安心。

“青二，你干什么呢？吃饭了，快下来吧。”

母亲在楼梯下面叫他。

“好——马上就下去。”

哎呀，怎么办呢？青二很发愁。

不过，人在发愁的时候往往能想到好主意。青二拉开桌子上的抽屉开始找绳子。他记得抽屉里有一根红蓝相间的条纹粗绳，是用来绑行李的。找到绳子以后，青二把那可疑动物的两条后腿用绳子绑到了一起。

这样一来，这可疑动物的两条前腿和后腿都分别被绑到了一起，没法走路。既然没法走路，就不可能离开这个房间。很好，很好，这就没问题了，青二把它绑好，轻轻放到桌子上，就下楼去了。

和平时一样，青二跟母亲一起坐在桌边吃晚饭。母亲问他广播电台里有没有什么新鲜事，青二说什么都没有，还告诉母亲，父亲给了自己一支铅笔。

晚饭吃完了。

趁母亲往厨房走的时候，青二悄悄地从盘子里拿起吃剩的鱼骨头攥在手里。然后赶紧站起来“咚咚”地向二楼走去。

“青二等等，给你一个苹果。”

母亲扬声叫他。

“嗯，我一会儿去拿，现在先不用。”说完，青二就上楼了。他很快跑到自己的桌子前。

桌子上，刚才那根红蓝相间的条纹粗绳和之前的橡胶带子都在。

那两个可怕的眼珠似的东西也在。

“喵——呜、呜、呜。”

“想要这个？来，吃吧。”

青二把鱼骨头放到闪光眼珠的下面。很快，房间里响起咬骨头的“吱嘎吱嘎”声。骨头被咬碎了，在桌子上升起来一些，最后像一条线似的连在一起，渐渐抬高，最后横向延展开。

“真、真恶心。”

青二觉得汗毛都竖起来了。鱼骨头应该是被动物吃进嘴里咬碎之后经过食道进入胃里。因为是透明的，所以能看到整个过程。

“嗯。这确实是一只看不见的猫，一只透明猫。可是为什么会有这么不可思议的动物呢？”

青二虽然觉得有点可怕，但又开始觉得这看不见的猫十分罕见，把它放在自己的膝盖上抚摸着。

很快，那两只眼珠不动了。透明猫好像在他的膝盖上睡着了。但这时青二突然发现，刚捡到时看上去极为清晰的眼珠，现在变得模糊了。

可怕的事件

第二天，青二跟平时一样五点起床。

下
宮
鳴海
池鯉鮒
桑名
四日市
坂の下
亀山
石薬師
庄野
関
土山
草津
大津
石部
水口
京
藤枝
日坂
掛川
荒井
白須賀
御油
岡崎
一勇斎国芳戯画

其まゝ地口
猫飼好五十三疋
上
日本橋
品川
川崎
神奈川
程ケ谷
戸塚
藤澤
大礒
平塚
小田原
三嶋
沼津
原
吉原
蒲原
由井
興津
江尻
府中
中
鞠子
岡部
嶋田
濱松
袋井
吉田
二川
赤坂
藤川
一勇斎国芳戯画

父亲还在睡觉。因为要深夜才能从广播电台回来，所以父亲早上总是起得很晚。

那天早上也是一样，青二跟母亲一起吃早饭。餐厅就在厨房旁边，没什么光线。

“怎么了，青二？你的脸色怪怪的，是不舒服吗？”

母亲担心地问。

青二并没有觉得不舒服，就回答了母亲没事。

“不过，青二你还是怪怪的。因为你的脸没什么存在感呢，还有点模糊。”

青二听了也没当真。

“妈妈还说这样的话，你的眼睛今天也不舒服吧？是不是看不清楚了？”

“哎呀，是吗？因为到了春天吧？可能犯了结膜炎。”

这个话题到这儿就结束了，因为青二的母亲早上还有不少活儿要干。青二上了二楼。

桌子上放了一个小坐垫，仔细一看就会发现，这个坐垫的正中间凹下去了。橡胶带子和红蓝相间的条纹粗绳还是绑着的。那个奇怪的动物正趴在坐垫上。

但不可思议的是，那两只眼珠怎么都看不见了。

“眼珠到哪儿去了呢？”

青二在旁边试着去摸它，确实摸到了猫的脑袋。

但眼珠还是看不见，难道消失了？想到这儿，青二用一只手按住

动物的脑袋，另一只手去找眼珠。

接着，“嗷！”动物发出粗野的叫声，从坐垫上跳了起来。

这是当然的吧？突然被手指戳到眼睛，肯定会吓一跳。

青二的手火辣辣地疼，已经出血了，刚才被那动物挠了一把。

但是这时，青二吓得连心脏都停了一下。不知道为什么，他的手变得十分模糊，已经看不清楚了。

“怎么会这样？”他想起早饭时母亲说的话——“青二，你怎么了？你的脸没什么存在感呢。”

青二走到柱子前，从挂在上面的镜子里看自己的脸。

“啊！”

青二吓了一大跳。在镜子里，他的脸是模糊的。校服照得清清楚楚，可脖子往上是模糊的。

难道自己的眼睛也犯了结膜炎？青二使劲揉了揉眼睛，又去看镜子里的自己。

然而完全没用。无论看多少次，青二的脸都是模糊的，双手也是一样，没法清晰地在镜子里照出来。

“这下可完蛋了。”青二蹲在原地难过不已。

青二不知道自己为什么会变成这样。那只看不见的猫身上的神奇现象，也在自己身上出现了。

“今后该怎么办啊？难道我也会像那只猫一样，全身都变得完全看不见吗？啊，如果真变成那样，我就活不下去了，肯定会被人当成怪物的……”

于是，青二不得不做出一个重大的决定：是继续留在家里被人当成怪物，还是逃到一个谁都找不到自己的地方呢？

思来想去，最后……青二悄悄地离开了家。

他只在篮子里装了几件换洗衣服，另一只手拿着包袱，里面装着透明猫，趁母亲没发现走出了家门。

只是，母亲肯定会难过的，那太可怜了。想到这儿，青二在桌子上留了一封信——

我突然决定出去旅行，别担心，我肯定会回来的，到时会有很多有趣的旅行故事讲给你们。

奇怪的福神

青二漫无目的地走着。他头上戴着滑雪帽，帽檐压得很低，遮住了脸，还戴了一副骑摩托车的人常戴的眼镜，镜片是黑色的。

脖子上的围巾缠了好几圈，免得被人看见。两只手也都戴着手套。

打扮成这样，顶多就是被人指指点点说“那家伙也太怕冷了”，倒不会被盘问。

青二走累了，在小公园的长椅上坐了下来。

肚子也饿了，他打开包袱，拿出面包吃了，还喝了装在瓶子里的水。于是肚子没那么饿了，口也不渴了。

但青二的心情十分低落。

“从下一顿饭开始，我就得自己花钱买吃的了。钱倒是还有一点，可过不了一两天也就花没了。之后又该怎么办呢？”

青二开始考虑要不要回家去。

“不行，不行，带着这样一个怪物身体回去，妈妈得多难过啊。就算再怎么想家，我也不能回去。”

滚烫的泪水顺着脸颊流下来，落在膝盖上。

“喂，小哥，你为什么这么难过啊？”突然，有个人跟青二说话。

青二吓了一跳，他抬起头，看见面前站着一个青年。这个人穿着双排扣西服，长长的头发整齐地分开，看起来很绅士。不过虽然衣着颇为华丽，他的脸却像烧过的木炭一样凹凸不平，四方形的脸颊上长着很多痘痘。

这个青年露出和蔼的笑容，低头看着青二。

“男孩子可不能哭啊。我回到老家的时候也想哭来着，但哭有什么用呢？这么一想就不哭了。之后就算日子过得再苦，我也是笑着生活的。乐观主义最好了。遇到困难事了，三天也好，四天也罢，你就去思考。只要思考，就没有走不下去的路。小哥，你没有家吧？”

青二本想说不是，可想到现在自己已经离开，确实是没有家了，所以点了点头。

青年露出一副“我就知道”的表情，问：“现在正为吃饭发愁呢？”

青二只能接着点头。

“好，不用担心。你就跟我走吧，肯定能让你吃得饱饱的。走吧。”

青二不知道这个青年为什么会对自己这么好，但是他知道，现在除了借助青年的力量，自己并没有别的路可以走。于是，青二把那个重大的秘密告诉了青年。

不过，青二只说了猫的事，自己的事并没有说。

名叫阿六的青年听了以后两眼放光，十分高兴。

“欸，这可真是太好了啊！这家伙能让咱们赚不少。不对……咱们要发大财了！一切都交给我吧，赚来的钱咱们对半分。”

阿六彻底来了劲头。

“话说回来，把那猫的本尊给我看一眼。”

青二把装着猫的包袱给了阿六。

“这里面好像确实有只猫。”

“你看看包袱里面。”

青二打开一点包袱皮，阿六往里一看：“哎呀，没有啊。怪了，从包袱外面摸，猫确实在里面啊……”

阿六觉得不可思议，这回他把戴着手套的手伸进包袱里。

“哎呀哎呀，真吓人，我摸到的确实是猫的身体啊。嗯，果然是透明猫，不是骗人的把戏。欸——你啊，这不是抱着一棵发财树嘛！好，咱们搭个小棚子，一人收十日元入场费，在外面‘欢迎欢迎，欢迎来看’地这么一喊，一天就能来两千个客人，一二得二，咱们就能赚两万日元！”

青二惊呆了，这个人简直是数学大师啊。

“两万日元少了点，入场费提高到二十日元。不过还得想法吸引客人。嗯，就说‘悬赏十万日元’好了，咱们写上‘哪位客人能证明透明猫是骗局，当即赠送奖金十万日元’。这么一来，那些贪心的家伙就会乌泱乌泱地拥过来了。用十万日元和稀罕的动物吊着，肯定会不断地有人来看。二十日元入场费都算便宜的。一天就能来两万人。二二得四就是四十万日元。哎呀，真是没有比这更好的了！”

高额悬赏的稀罕物

阿六的面子还挺有用，他们的棚子在一个热闹的地方搭起来了。

“现代世界之谜，透明猫现身！”

“看过它，才敢说见识过世界之神奇！”

“C.H. 布尔邦顿肯博士曾说：‘透明猫，一万年才能出一只。’”

“绝非骗局，是真正的活物！能证明为骗局者，当即赠送奖金十万日元——透明猫普及研究协会总裁村越六麿敬上。”阿六还编出一个了不起的名头，醒目地贴在了门上。

这下可真是大获成功。花上二十日元入场一看的人络绎不绝。

“因场内满员，暂停入内。等待期间，诸位请看这边推出的活捉透明猫大冒险的图片。这里还有货真价实的透明猫照片，现在看一眼，传给子孙听！来啊，欢迎欢迎！不过现在场内满员，暂停入内！”

阿六穿得威风隆重，站在棚子前面对聚集的人群大声吆喝。

在场内，透明猫被放在一个装饰得特别漂亮的箱子里，那箱子就像个小宫殿似的。青二则穿着太夫[①]的服饰，把脸、手脚和脖子都遮了起来，站在箱子旁边，让蜂拥而来的观众一个一个把手从箱子上的洞伸进去摸透明猫。

正睡觉的猫被那么多人摸来抓去，还被拉扯到身上的毛，非常愤怒，在箱子里闹个不停，呜呜嗷嗷地大声叫唤。

但这反而受到观众们的欢迎，还没轮到的观众能听见猫的叫声，从箱子的孔洞往里看却没有猫的身影，都被激起了极大的兴趣。

还有很多人怀疑是魔术，把箱子的边边角角都摸了个遍。这些人或者被透明猫挠了手，或者被咬了手指尖，都又惊吓又赞叹地离开了。

第一天的入场费收入就有四十五万日元，甚至超过了阿六之前的预计。

“你拿上一万，我也拿一万。这就是咱们今天晚上的零花钱。剩下的四十三万存进银行。如果每天都赚这么多，拿现金肯定会被强盗劫走的。等存款差不多到一千万了，咱们可以在这儿盖个常设馆，主打三项内容：魔术、马戏和透明猫。把来这儿的游客的钱全

① 太夫：在日本战国时期，指演员。

给赚来！”

阿六干劲十足。当天晚上，他带青二去了附近的深巷人家，点了昂贵的菜肴，还让他们上了酒，搞了个盛大的宴会。

阿六喝了酒，话立刻多了起来。

“哎呀呀，小哥，你怎么还不摘掉帽子呢？是不是瞧不起我？我绝对不会饶了你。快，把帽子摘了。我可是总裁阿六，你把我六磨大人当成什么人了！”

旁边的几个女子虽然拦着，但阿六还是来到青二面前，一把拽下了他的帽子。

“啊——！”“呀——！”宴会顿时乱了起来。

阿六的酒立刻醒了，那些女子都尖叫着从房间里跑了出去。

因为青二的帽子下面什么都没有。没有脑袋的青二只是很苦恼地在那儿动来动去而已。

阿六吓得坐在地上，嘴巴开开合合的，一句话都说不出来。

当晚的骚乱很快平静下来，阿六和青二离开了。作为封口费，阿六给了那家店五万日元。

阿六躺在床上跟青二商量。既然青二也是透明的，那比起透明猫，肯定是“透明人现身”更能吸引人。阿六一直劝青二干脆也去展览得了。

“不，我不愿意。”

“你可真是个死脑筋。那么好的赚钱路子上哪儿找去？往少了说，这事都能赚到上亿，怎么能错过呢？你就去当透明人吧。”

阿六又拜又求地劝个不停，但青二始终没有同意。

那晚就这么过去了，很快到了第二天早上。青二下床伸伸懒腰，扫了一眼旁边的床，立刻吓到了。

到底怎么回事？床上躺的应该是阿六，可他的脸和手脚都模糊了，只有两个大大的眼珠在闪着光。阿六好像也逐渐变成透明人了！

就在那天，骚乱在全市扩散开了。

到处都有人变得模糊，还有人渐渐消失最后看不见了，引起了极大的混乱。

经过调查，最终发现这些人都在前一天去看了“透明猫”展览，还摸了那只古怪的猫。但发现这个结果时，已经是五天以后了。

这期间，全市的透明人越来越多。如果谁触碰了透明人的身体，那个人的身体也会变模糊，最终全部透明化。换句话说，这是传染性的。

恐慌不断扩散。但是在混乱爆发七天后，事件突然解决了。

原来，一位名为羽根木博士的学者主动道出了事情的原委，他就是最初做出透明猫的人。

博士的研究内容是肉体透明化，也就是要让身体拥有跟空气相同的反射率和折射率。博士发现有一种细菌能够实现这个目标，而且效果很强，于是就在自己的研究室培养这种细菌，还在很多虫子、小白鼠和猫身上都植入了这种细菌。

实验用的猫的前腿和后腿都分别绑好了，可是植入细菌以后，后腿上的绳子松开了，猫从研究室里跑了出来，掉到山崖下面，之后被

路过的青二捡了回去。

因为摸了猫，青二变透明了，在展览棚子里摸了猫的人也都是一样。博士准备了能杀死那种细菌的药，注射之后，透明人就全都恢复成不透明了。

这下青二能开心地回家了。阿六也信守承诺，真的把赚来的钱跟青二平分了。看见青二回家，母亲也特别高兴。剩下的问题就只有羽根木博士的研究了。这个前所未有的研究成果到底要应用到哪个领域呢？博士现在好像还在考虑。

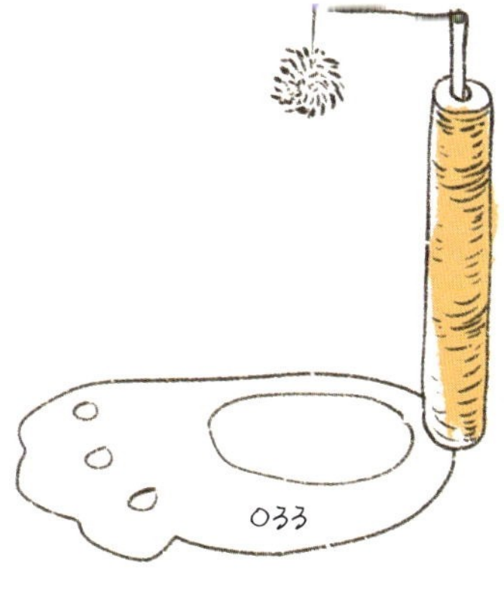

一勇齋國芳画
一勇齋國芳画

東海道五拾三次
岡部
猫石の
寺西閑心
一勇斎國芳画

浅草田甫酉の町詣

阿幸的猫和鸡

· 宫原晃一郎

幸坊の猫と鶏

一

阿幸家是乡下的农民家庭，所以家里养着不少鸡。其中有只公鸡已经六岁了，在鸡里面已经算得上老爷爷了，但不知怎么回事，这只公鸡显得特别年轻。洁白的羽毛像刚长出来的一样闪着光泽，鸡冠像美人蕉的红花一样鲜艳，尖嘴和爪子像黄油一样嫩黄。

阿幸每次去喂鸡，这只公鸡总是第一个跑过来。阿幸有时故意不喂给它，让它着急，这时公鸡就会抬起一只爪子，歪着脑袋好像觉得很奇怪似的仰头看着饲料盒子。如果阿幸只是笑，还是不给它饲料，它就会忍不住“咕咕”地小声叫起来，好像在说——

“阿幸，阿幸。快给我吃的吧，别闹啦……”

“给你，给你，快吃吧，吃吧。”

阿幸觉得它特别可爱，把饲料喂给它，可这时，一只全身漆黑的猫突然跑了出来。其他的鸡都吓坏了，“咕咕”大叫着四散跑开。只有这只公鸡相当勇敢，它稍微抬起头，喉咙“咯咯”作响，盯着那只猫。猫好像觉得很有意思，想要扑过去。公鸡见状低下头，脖子上的翎毛根根倒竖，摆出一副“你要是过来我就啄你眼睛”的架势。

“大黑，快停下，东东该讨厌你了。”

说着，阿幸把大黑抱了起来，把它湿润的鼻尖紧紧贴在自己的脸颊上，还抚摸它天鹅绒一样的后背。大黑撒着娇，喉咙发出“咕噜咕噜”的声音，锋利的爪子紧紧抓着阿幸的衣服。

二

有一天，阿幸在学校值日，所以到家的时间有点晚。回到家后，妈妈一脸苦恼地对他说：“阿幸啊，妈妈跟你说，咱们家的公鸡不见了。你去看看它是不是跑到那边的树林里了。虽然现在有很坏的狐狸，可也总不至于大白天的过来偷鸡啊。”

阿幸真是吓了一大跳。那又漂亮又可爱的公鸡不会真的不见了吧？那可太糟了。阿幸心想一定要把它找回来，于是他立刻放下肩上的书包，拿起一根竹竿就往外跑。

这时，大黑不知从哪儿钻了出来，“喵喵”叫着跟在他后面出来了。

“大黑，不行啊，你快回去。我要去找公鸡东东。你如果是狗的话，我就带你一起去了，还能帮上忙，可是猫不行啊。”

但是不管阿幸怎么赶，大黑都不肯回去。没办法，阿幸只好不去管它了。可大黑很快走到了他的前面，跑到农田对面的那一大片树林里去了。

阿幸心想，如果连大黑也不见了就更糟了，于是“大黑！大黑！”地高声喊起来，可是他根本不知道大黑到底跑去了哪里。

因为树叶和杂草十分茂盛，即使在白天树林里也没什么光线，而现在已经快到傍晚了，所以周围更加昏暗了。

“东东、东东、东东！”

阿幸一边走一边在树林里用力高喊，可公鸡始终没有出来。这时不知怎么回事，他在极为熟悉的树林里彻底迷了路，怎么都出不去了。

现在已经顾不上公鸡和猫了，自己怎么从树林里出去才是最大的问题。就在发愁的时候，阿幸突然发现对面有一间小房子。

“啊，太好了！”阿幸松了一口气，向那房子跑去，却发现那房子紧闭的窗户下有一只狐狸，它把扫帚似的大尾巴铺在地上，正蹲坐在那儿紧紧地盯着窗户。这可真是奇怪，阿幸停下脚步，仔细观察狐狸的举动。就在这时，狐狸用很温柔、很温柔的声音唱起歌来：

咕咕咕，可爱的小鸡
头顶金冠的可爱小鸡
长着光泽闪闪的可爱小脑袋
垂着丝绸般胡须的小鸡
你看看窗户吧，看看这扇小窗
有个好人来到这里
撒下了美味的豆子
而且没有别人来捡起

鎌田又八

狐狸唱完，小窗打开了，从里面探出小脑袋的正是阿幸的公鸡。

“啊！是东东！”

阿幸叫出了声，可他跑过去的时候已经晚了，狐狸扑向了东东，抓着它往自己的巢穴跑去。

“欸？！大黑，狐狸把我抓到漆黑的树林里了，朝我不认识的地方去了。大黑，快点来，快来救我！”

神奇的是，大黑不知道从哪儿跑了出来，像本垒打的棒球一样飞快地跳出去追上了狐狸。它大大的爪子打在狐狸后背上，狐狸一疼，立刻放开公鸡自己逃跑了。

“小心点啊，东东。”猫说，“你可绝对不能把脑袋从窗户伸出去啊，而且不管狐狸说什么你都不能相信。那家伙如果吃了你，连一根骨头都不会剩的。”

之后，大黑又跑没影了。

三

阿幸觉得好奇得不得了，立刻跑到小房子那里。可这时，公鸡已经进到房子里，从里面把窗户紧紧关上了。

“东东，东东。”

阿幸一边大声喊它，一边绕着小屋往里看，可里面一点动静也没有。

“东东，是我，不是狐狸，是我啊。”

阿幸接连敲着窗户呼唤公鸡，可公鸡觉得外面的是狐狸，就是不肯开门。

“不行啊，狐狸先生，你想把我骗出去吃掉，最后连一根骨头都不剩吧？”

“不是，是我啊，是给你喂东西吃的阿幸，不是什么狐狸啊。”

“说谎，你就是狐狸，是装成阿幸的声音骗我的。”

“你要是这么怀疑的话，我离窗户远远的，你把窗户打开一小点看看。如果我是阿幸，你就打开窗户出来，好吗，东东？”

听他这么一说，公鸡稍微放下心来，把窗户拉开一条小缝。

“哎呀，真是阿幸。那我把窗户打开了。”

说着，公鸡完全打开窗户，想要到阿幸身边去。但就在这时，狐狸突然跳了出来，飞快地叼起公鸡，一溜烟地朝自己的巢穴跑去。

“大黑！阿幸！狐狸把我抓走了！快来救我！”

阿幸正要追出去，大黑又不知道突然从哪儿跑了出来，“唰唰”挠了狐狸耳朵好几下，狐狸疼得厉害，扔下公鸡跑掉了。

“我都跟你说过那么多次了，东东你为什么还要打开窗户呢？之后不管谁过来说什么，你都不能开窗。”

说完，黑猫赶紧让公鸡回到小屋里关好门窗，自己迅速离开了。

“喂，喂，大黑，大黑！”

阿幸连声叫它，可大黑看都没看他，径直走了。

“真是只怪猫。”阿幸嘟嘟囔囔地说着，又来到窗户旁边呼唤公鸡。

“东东，狐狸已经跑了，没事了，你快出来吧。”

“不要，你这么说，狐狸一会儿又会突然出来的。”

“没事了，这回我站在窗户旁边守着……我还带了你最喜欢吃的大米，你看。”

公鸡听到“哗啦啦”的撒米声，很想去吃，于是悄悄把门打开看了一眼。阿幸果然就站在那里，它这才放心地打开门走了出来。

“已经没事了，狐狸已经跑了。你多吃点，吃完就跟我一起回去吧。”

“回哪儿去？”

“回我家啊，回你住的小鸡棚去啊。”

“我的小棚就在这里啊，你家在哪儿呢？”

“东东你可真奇怪，怎么连自己的家都忘了呢……我家就在那儿啊，那边，对面的……”说着，阿幸扭头去指自己家的方向。

“啊！狐狸！”

阿幸被公鸡的尖叫吓了一跳，回头一看，狐狸已经叼着公鸡跑出几米远了。原来，狐狸趁阿幸扭头的空当把公鸡抓走了。

“可恶，我打死你！”

阿幸挥舞着竹竿追了上去，但是狐狸跑得快，很快就不见了踪影。这回不知道怎么了，黑猫没出来帮忙。

阿幸呆呆地站在那儿，终于，黑猫出现了。

“唉，大黑，”阿幸跟黑猫说，“公鸡还是被狐狸抓走了，你说怎么办啊？”

“哦，是阿幸啊……”黑猫说，“这真是不好办，都是因为你非让它把门打开吧？”

“是吧……可是，我也没想到狐狸会那么快扑过来抓它。”

“所以我再三强调，不管谁来都不能把门打开。没办法，只能去狐狸的巢穴救它出来了。”

“可是，说不定它已经被狐狸吃得连骨头都不剩了。”

“不会的，那家伙不会立刻就吃掉东东。肯定会养上一阵子，等东东再长大一点，变得好吃了，再把它吃掉。”

“这样啊，那咱们赶快去吧。”

“我得做好准备，你稍微等一会儿。”

说完黑猫就走开了，很快它穿着长外套和长靴，拿着一把短柄三味线回来了。

“嗯，这样就可以了。咱们出发！”

四

阿幸跟着黑猫向狐狸的巢穴走去。一到洞口，黑猫就开始弹起了三味线。

“锵、锵、铮、叮咚。啊，多么漂亮啊，我这金色琴弦的琴。狐

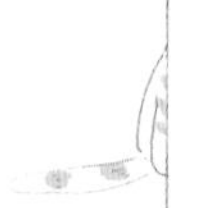

狸的巢穴就是这里吗？可爱的狐狸啊，你在哪里？”

狐狸听到歌声，纳闷到底是什么人在唱，于是先让自己的孩子去巢穴外面看看。

“抓到了。”黑猫迅速抓住小狐狸，把它塞进自己外套的袖子里。

接着，“锵铃、叮咚，啊，多么漂亮啊。”黑猫又饶有趣味地唱了起来。

狐狸见小狐狸没回来有些担心，从洞里探出脑袋，这时黑猫用爪子狠狠打了它的眼睛。

狐狸发出一声可怕的哭叫从洞里跳了出来，跟黑猫激烈地打在了一起。

趁着这个混乱的时候，公鸡“咕咕”叫着飞了出来。

阿幸急忙抓住它，往自己家那边跑去，之后发生了什么他自己也不知道了。

五

意识终于恢复清醒时，阿幸正躺在自己家的榻榻米上。

“东东呢？”阿幸第一句就问。

“你醒啦？哎呀，我总算放心了。你

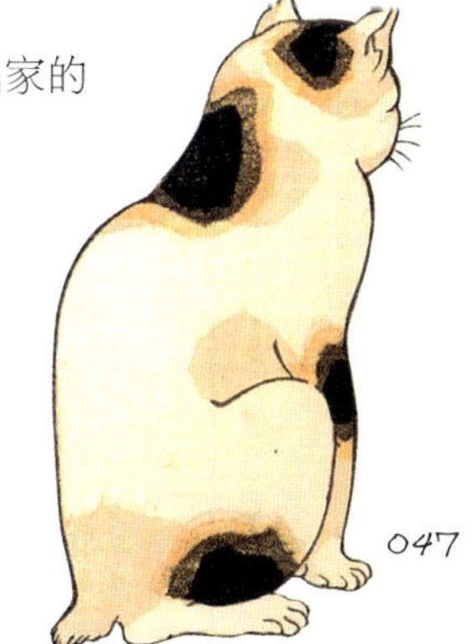

是怎么了？怎么在那个树林里昏倒了？”

“东东呢？”阿幸又问。

“别担心，已经回来了。”

“大黑呢？”

“大黑也回来了，但它受了很重的伤……”

接下来的两三天里，阿幸都浑身无力地躺在家里。等到能起来了，他立刻瞒着妈妈悄悄到树林里去寻找那间小房子和狐狸的巢穴。

可是不管阿幸怎么找，都没有半点踪影。之前的那番经历明明不是梦啊……

波香女
一勇斎國芳画

猫草纸

· 楠山正雄

猫の草紙

一

很久很久以前，在京都的街市里，老鼠十分猖獗，让人们头疼不已。它们不仅偷走厨房和柜子里的食物，还咬坏隔扇，把衣柜咬出洞来，进而咬坏衣物。

不管白天晚上，老鼠们都在棚顶上面和客厅的角落里到处乱窜，真的是随心所欲地做着各种坏事。

人们都受不了了，这时朝廷发下命令，要求各处养猫的人家一律解开猫脖子上拴的绳子，改为放养，违者受罚。在此之前，不管在哪里，人们都会给猫拴上绳子带到家里，喂猫吃鲣鱼干薄片拌饭，养得特别精心，所以猫都不四处跑来跑去抓老鼠了。可谁能想到，到最后老鼠竟因此变得如此猖狂，大肆作乱。

但朝廷的命令一下，猫的绳子解开了，各处的三花猫、斑纹猫、黑猫、白猫全都自由了，这下它们可高兴坏了，在京城的街道上打打闹闹，四处奔跑。不管去哪儿都能看见大批的猫，京城简直变成了一个猫的世界。

这么一来，老鼠就落了下风。之前还是一副“天下尽在我手”

的样子，可以任性妄为，随心所欲，可一眨眼的工夫，它们就只能缩在阴暗的小洞里，稍微探出脑袋往外一看，猫就在旁边磨着锋利的爪子呢。晚上也是，如果稀里糊涂地跑到厨房的水池下面或者角落找吃的，暗处就会出现一双闪闪发光的眼睛，最后会遭遇些什么可就不好说了。

二

“这么下去真是受不了。除了饿死，咱们就没有别的路了。今天，咱们大家必须得商量商量，怎么做才能抵抗猫。”一天晚上，老鼠们一个不落地聚到寺庙佛堂的缘廊下面，开起会来。

这时，其中一只年纪最大、毛发灰白的老鼠站到了台阶上：“诸位，这世间真是变得分外无情啊！本来呢，猫用鲍鱼壳当碗，吃点鲣鱼拌饭或者汤拌饭，活得也挺好的，非要抓咱们来吃算怎么回事呢？如果这么放任不管的话，过不了多久，现在世界上的所有老鼠就都得灭绝了。咱们到底该怎么办呢？”

这时，一只精力旺盛的年轻老鼠站了上去，说：“不用担心，咱们趁猫睡觉的时候，过去在它喉咙上狠狠咬一口就行了。”

众鼠都是一脸“赞成”的样子，但是没有一只鼠积极表示愿意向猫冲过去。

一只驼背老鼠像大将军似的坐在原地没动，慢吞吞地说：“不管怎样，咱们也打不过猫。还是干脆放弃京都，到乡下去当野老鼠吧，轻松快乐地生活比什么都好。”

没错，到乡下去当野老鼠，吃点树根、稻壳什么的，生活肯定轻松快乐，但是众鼠都在京城待了这么久，吃过各种好吃的东西，享受过这些之后，很难立刻做出离开的决定。

到了最后，这些老鼠中一只最聪明的白头老鼠站了起来，用沉稳的语气说：“不管怎么说，最好的办法就是去拜托人类，让他们再把猫拴上不就可以了吗？”

众鼠听了，异口同声地说：“没错！没错！这个办法好！”

于是，众鼠一致推举会议的主持人——那只毛发灰白的老鼠作为代表，去找这座寺庙的住持，拜托住持帮忙让猫再被拴起来。

灰老鼠接受了这个重任，立刻爬上佛堂，悄悄来到住持的房间里，说：“住持住持，我来请求您帮忙。”

住持吓了一跳，醒了过来。

“啊，我还以为是谁呢，原来是老鼠啊。你想让我帮什么忙呢？”

“住持您也知道，最近因为朝廷的命令，都城里的猫全都变成放养了。我们这些清白无罪的老鼠，每日每夜都会丧命在猫的利爪之下，不知死去了多少同伴。我们要么整天缩在没有食物的小洞里饿死，要么跑到外边被猫吃掉，除此之外没有其他路可走了。住持，请您发发慈悲，帮忙跟朝廷说说，让猫再次被拴在家里吧。今天我就是为了这个请求才来打扰您的。”

说完，老鼠还煞有介事地两爪合十，对住持拜了拜。

住持想了一会儿，说："原来如此，听你这么说倒也十分可怜，然而你们做了很多坏事。你们如果只吃人扔掉的东西，或者去捡撒在地上的东西吃，本是无妨的。可你们不分昼夜地在人们家中乱窜，偷取食物，咬坏衣物，种种坏事都做足了，现在反而过来哭诉因为猫而遭了罪，这都是你们自作自受，我是无论如何不会帮你们的。"

听了住持的这番话，灰老鼠大为失望，垂头丧气地回去了。

回到之前的缘廊下面，上了年纪的老鼠，年轻的老鼠，大块头的老鼠，小个头老鼠等一众老鼠都还留在原地，一个个都伸长脖子、竖起了胡须焦急地等待着。

"灰老鼠回来了吗？灰老鼠回来了吗？"地问个不停。

但是等到灰老鼠含着眼泪，跟它们讲了见到住持，又被住持拒绝的经过后，众鼠都十分失望，又吵吵嚷嚷地开始了那讨论不出结果的会议。

很快天就要亮了。这么多老鼠聚在一起，如果不小心被猫发现，那才真是糟了。

"那，明天晚上咱们一起再去找住持一次，恳求他帮忙吧。"

最后只做了这一个决定，众鼠就都散去，悄悄地回到各自的小洞里去了。

三

猫那边很快就听说昨天老鼠跑到住持那儿去请求帮助了。“这可不能坐视不理。”所以，猫也大批集中到街市尽头的平地上，开起会来。

首先，其中一位年长的白猫站到大石头上，说：“诸位，根据我听到的消息，这次因为咱们都改成了放养，那群老鼠受不了了，就在昨天晚上跑到寺庙住持那儿，求住持帮忙，让咱们再次被拴起来。这简直是不可理喻。老鼠本来就是猫的食物，这可是很久以前神灵定下的规矩。再说，老鼠可是做了那么多坏事，给人类造成困扰的坏家伙。万一人们听了老鼠的建议，那咱们好不容易才自由几天，就又得回到之前那种不得伸展的状态了，那可就糟了。咱们得赶紧去找住持，说什么也不能让事情变成那样。”

它说完，群猫齐声说道：“赞成，赞成！咱们就让老白爷爷赶快过去吧。”

于是，老白就成了群猫的代表，来到住持这里。

“住持，我们听说昨天晚上老鼠到您这儿来了，还说了不少我们的坏话。这实在是不可理喻。那些老鼠如果放在人里面，就相当于是小偷，要是对它们发了慈悲，它们反而会做出更多的坏事。如果听了老鼠的建议，再把我们拴起来，那些家伙肯定会得意忘形，还不知道会做出什么样的坏事来。

“我们猫就不一样了，我们本是天竺的老虎的后代，但因为日本是个又小又温和的国家，我们住在这里，也就全都变成现在这般又小又温和的动物了。然而一旦我们真的发起怒来，回归原来的老虎本性，不管面对什么样的野兽我们都是不怕的。幸好这次朝廷发下命令，将我们改为放养，我们打算从老鼠开始，把那些为祸人类的动物都收拾得片甲不留。”

住持笑眯眯地听着猫这番颇有些傲慢的游说，说道：“嗯，嗯，正是像你所说的这样。所以我没听老鼠的建议，让它们回去了。你们放心吧。”

猫非常得意，翘着尾巴，回到期待的群猫之中，说：“诸位，没问题了，住持答应了。”

群猫纷纷说：“万岁！万岁！这下我们就放心了。”

之后它们手牵着手，跳起了猫儿舞。

很快老鼠们也听说了。

“猫那些家伙好像去住持那儿了。”

“听说住持跟猫约定了，绝对不会听取老鼠的建议。”

“它们还装模作样地说什么猫是天竺的老虎的后代，要为人类把世上作恶的动物都解决了。”

老鼠们七嘴八舌地说着，又一次聚到寺庙的缘廊底下开会。然而还是没想出什么特别的好主意。

“既然这样，再去找住持帮忙也没什么用，咱们今天晚上就不去找住持了。还是趁着天没亮的时候，咱们离开都城去乡下吧。”

不知是谁提出了这个建议，年长的老鼠很快就总结采纳，让大家赶紧去做连夜逃走的准备。

这时，精力旺盛的年轻老鼠们不甘心地说：“等等！咱们连一次像样的战斗都没打过，就轻易地把都城让给敌人，自己逃到乡下去，这不是太窝囊了吗？那样的话，就算保全了性命，今后也会一直被其他动物嘲笑，人家也不会好好搭理咱们了。与其遭受那样的耻辱，不如赌一把，碰碰运气，豁出去，拼死跟猫打上一场！如果胜了，今后这世上就没什么可怕的了，棚顶上也好，厨房也好，墙角也好，整个天下都会变成我们的领地；如果输了，咱们就毫不犹豫地并肩赴死！”

说完，它还不甘心地把牙齿咬得“咯咯”响。

因为它这番气势实在是太勇猛，本来态度消极、准备外逃的其他老鼠也渐渐热血沸腾起来。

“没错，这样才对！这样才对！”

猫那边很快得到了消息。

“什么？区区老鼠还敢这么嚣张？”

“好啊，让它们全都过来，看我不把它们全给咬死！”

群猫立刻磨利爪子，擦亮尖牙，抱着必胜的态度准备作战。

“有意思，太有意思了。该死的老鼠们，赶紧过来吧。”

群猫做好准备，只等老鼠上门了。

四

老鼠们终于做好准备集结起来，父母鼠、孩子鼠、爷爷鼠、奶奶鼠、叔叔鼠、阿姨鼠、女婿鼠、女儿鼠、孙子鼠、曾孙鼠一直到玄孙鼠，成千上万的老鼠一只不落，在天彻底黑下来以后，就成群结队、浩浩荡荡地朝着猫的大本营——巷子深处的平地攻了过去。

猫这边也斗志昂扬。

“过来了！”

听到消息，三花猫、虎斑猫、黑猫、白猫、条纹猫、雉虎猫，贼猫，甚至流浪猫也都齐齐聚到一处，磨利牙齿前往迎战。

猫鼠双方分东西列阵，瞪着彼此，准备瞄准机会就要冲过去大开杀戒。

然而寺庙的住持听说了以后，前来从中调停。住持站到猫军和鼠军中间，伸开双手：“哎呀，哎呀，等一下。”

原本摩拳擦掌、跃跃欲试的猫军和鼠军都静了下来，看着住持。

住持首先对鼠军说：“哎呀，哎呀，你们就算再怎么拼死战斗，也不可能战胜猫，只会被一只不剩地全部咬死，成为这块野地上的泥土，我实在不忍心看到那样的事情。

“所以你们就从此洗心革面吧，吃人们扔掉的食物残渣，或者吃从稻草包里掉出来的大米和豆子，就以此维生，如何呢？然后再把那些给人类添麻烦的坏事都彻底断掉，我就去跟猫说，让它们今后不再抓你们了。”

老鼠们听了都非常高兴，说：“我们绝对不做坏事了，请您跟猫说，不要再抓我们了。”

“很好，可是反过来，如果你们再做坏事，我就立刻让猫去抓你们，知道了吗？”

住持又确认了一句。

“嗯，嗯，当然没问题。”

老鼠们爽快地答应了。

住持回过头，对着猫说：“哎呀，哎呀，你们看，既然老鼠它们都这么说了，这次还是算了吧，今后就别欺负老鼠了。反过来，如果它们再做了坏事，你们不管什么时候发现，只管去咬死它们。怎么样，可以吗？”

“当然没问题。只要老鼠不做坏事，我们就可以忍耐，用鲍鱼壳吃鲣鱼拌饭或汤拌饭也挺好的。”

群猫齐声回答，住持好像很满意，眯着眼睛笑了。

“啊，我总算可以放心了。老鼠打不过猫，猫又打不过狗。强中自有强中手，并不是说在这里打赢了就可以天下无敌，这个世界上也没有谁是自由的。嗯，我们彼此都要安于自己生来获得的身份，走兽之间、鸟儿之间、人类之间，和睦相处就是最好的。如果你们能明白

我的话，那大家就老老实实地回去吧，回去吧。”

“非常感谢您。我们今后不抓无辜的老鼠了。”

“我们也一样，我们绝对不多拿人类的东西了。”

猫和老鼠纷纷这样表态，对住持行了礼，就各自回去了。

猫を畫いた子

画猫的男孩

猫を畫いた子供

• 小泉八云

很久以前，在日本乡下的一个小村子里，住着一个贫穷的农民和他的妻子。这对夫妻人特别好，两人有很多孩子，为了养育孩子实在是吃了不少苦头。他们的大儿子长得十分结实，才十四岁的时候就能像模像样地帮父亲干活了，年纪小的女孩也一样，刚到会走路的年纪就能给母亲打下手了。

但是，他们最小的孩子虽然是个男孩，却怎么看都不适合体力劳动。那孩子非常聪明，比他任何一个哥哥姐姐都聪明，但他身体特别虚弱，个子也小，大家都觉得他可能长不大。父母想，以后做个和尚对这孩子来说应该会更好。一天，父母带着这个男孩去了村里的寺庙，拜托寺里那位颇为亲切的老住持，如果可以的话，希望住持可以把孩子收为弟子好好教导他。

住持温和地对这男孩说话，又问了他两三个很难的问题。男孩的回答都非常巧妙，所以住持把男孩收为弟子留在寺里，并且答应会教导他成为和尚。

男孩对老住持教的东西都能很快记住，大部分时候也能很好地遵守规矩。可他唯独有一个不好的习惯，就是喜欢在学习时画猫，甚至连绝对不能画画的地方也都画上了猫。

不管什么时候，只要他得以独处，就一定会画猫。他在经书的边缘上画，寺里的屏风上也全都画遍了，墙壁和柱子就更不用说了，上面不知画了多少只猫。住持跟他说那样不好，可是讲了好多次，都没法让他停止。他无法做到不画猫，他拥有“画家的天赋”，所以并不适合做寺里的小和尚——一个好的小和尚是必须要学习经书的。

有一天，他在唐纸上画了一幅非常出色的画，之后老住持严肃地对他说：“孩子，你必须立刻离开这座寺庙。你绝对不会成为一个高僧，但是你一定会成为一个优秀的画家。我最后给你一句忠告，你一定要牢记在心，切不可遗忘：夜晚要避开宽阔之处，待在狭窄的地方。”

男孩不明白老住持所说的“避开宽阔之处，待在狭窄的地方”是什么意思。他把自己的衣服打成一个小包裹，为离开做准备，同时也在思考这句话，怎么都想不明白，但他也不敢问老住持这些问题，最后只是道了别。

男孩十分难过地离开了寺庙，他不知道自己接下来该怎么办。如果直接回家，自己肯定会因为没有听老住持的话而被父亲训斥，所以他不敢回家。这时，他突然想起十二里外的邻村有一间很大的寺庙。他以前听说过那间寺庙里有很多和尚，于是就决定去拜托那里的住持收自己为弟子。

然而这男孩并不知道，那间大寺庙已经彻底关闭了。寺庙关闭是因为有妖怪出没，吓跑了寺里的和尚，妖怪将那里据为己有。曾有几位勇敢的武士想要斩除妖魔，在夜里去了那间寺庙，却从此没有再出现过。然而并没有人对男孩说过这件事。于是他一路向那个村子走去，心里希望那里的和尚能善待他。

到达那个村子时，天已经黑了，人们也都睡了。男孩看到那间大寺庙就坐落在村子主街尽头的山丘上，寺里还有一点灯光。人们都说，妖怪经常会点亮一盏灯，引诱孤身的旅人前来借宿。男孩径直来到寺庙，敲响了大门。寺里一点声音都没有。他敲了好多遍，还是没有人出来。男孩试着推了一下门，发现门没有上锁，感到很高兴。男孩走进寺里，看见一盏点亮的灯，但是周围没有和尚。

男孩觉得住持应该很快就会回来，就坐下来等待。这时他注意到，寺里各处都蒙着一层薄薄的灰尘，还结了很多蜘蛛网。男孩心想，如果住持希望有人把房间都打扫得干干净净，肯定会愿意收他做弟子的。同时他也觉得非常不可思议，那些和尚怎么会让这里到处都是灰尘呢？不过，最让他高兴的还是那儿有好几面白色的大屏风，正适合画猫。他虽然觉得很累，却还是立刻起身去找砚盒，找到以后就开始磨墨画猫了。

他在屏风上画了很多的猫，画到最后觉得困得不得了，特别想要睡觉，就打算在屏风旁边躺下来。就在这时，他突然想起了那句话“避开宽阔之处，待在狭窄的地方”。

这寺庙非常宽敞，他又只有一个人，想到这句话的时候——虽然他还不太明白这句话的意思——他开始觉得有点害怕了。于是他决定找一个“狭窄的地方”睡觉。他找到一个装着隔扇的小房间，走进去把自己关在里面，然后就躺下来睡着了。

夜深了，一阵极为剧烈的声响把男孩吵醒了，那是打斗声和尖叫声，声音十分激烈，他都不敢从小房间的缝隙往外看，只是吓得屏住呼吸，一动不动地躺在那里。

寺里的那盏灯已经熄灭了，但可怕的声音还在持续，而且越来越凄厉，甚至整个寺庙都在晃动。过了很长时间，外面终于安静下来，但男孩还是没敢动弹。直到早晨的阳光从门缝中照进来，他才终于起来。

他从藏身之处钻出来，查看四周。首先映入眼帘的是寺庙地板上满地的血。接着，他看到一只巨大的、可怕的老鼠，它已经死掉了，躺在地板中央——那是一只个头比牛还要大的妖鼠。

可是，到底是谁或者是什么东西除掉了这只老鼠呢？这里没有其他人或其他动物啊。这时，男孩突然看到了自己昨晚画的猫，所有猫的嘴巴都又湿又红，沾满了血。男孩这才明白，原来是自己画的那些猫杀死了这个妖怪。也就在这时，他才终于明白那位睿智的老住持为什么要告诉他："夜晚要避开宽阔之处，待在狭窄的地方。"

后来，这个男孩成了非常有名的画家。直到现在，来日本的游客还能看到不少他画的猫。

おほろ
はき

猫の

猫之舞

田中贡太郎

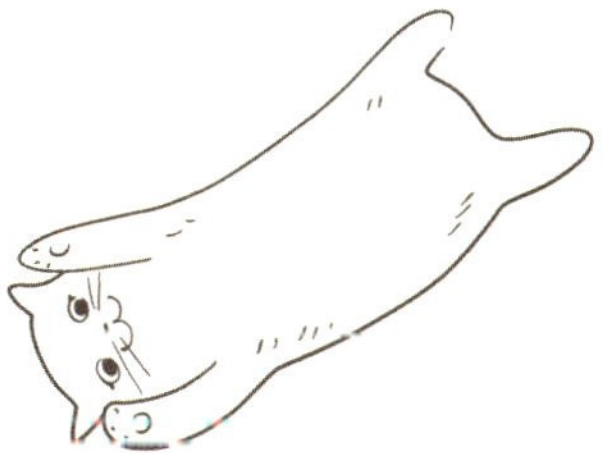

猫の踊

侍女总管沿着寂静的走廊向厕所走去，夜已过半，经过走廊边漆黑的房间向右一转，来到一间被长明灯隐隐照亮的房间。侍女总管本想继续往前走，不知怎么却停下了脚步。因为那个房间里，好像有谁在那儿跳舞似的，发出了有节奏的轻轻的脚步声，那人模糊的影子正在隔扇上来回晃动。

为了方便夜里去厕所的侍女，这个房间里总是会点上一盏灯，但里面是没有人的，况且这里是内宅，不可能会有男子喝得微醉跑到这里来跳舞，更何况又是现在这样一个时间。侍女总管觉得实在不可思议。更重要的是，她肩负着管理内宅的责任，遇到情况必须做出判断并且处理行为失当的人。于是，她悄悄地靠近了隔扇。

房间里的人好像还在跳着。从踢踢踏踏的脚步声来判断，里面应该不是一个身体强壮的男子。是不是有谁让看门的滑稽老头喝醉了酒，把时间和场合都抛诸脑后，跑到这里来跳舞了呢？侍女总管经常发现那老头有不合规矩的举动，打算过后就去跟主人说一说，狠狠申斥他一番。

她伸出舌头，舔湿隔扇上的纸，在上面悄悄戳出一个小洞，把自己的一只眼睛凑了上去。接下来，侍女总管看到了极其怪异的一幕。

在长明灯的灯光下，一只体形有大狗那么大的红褐色的猫，正用两条后腿站立着，它脑袋上包着手巾，两脚“咚咚”地踩着拍子，前腿则像手一样来回挥动着跳着舞，那正是宅邸里养了很多年的猫。侍女总管眨了眨眼睛。

猫不停地变换身体的方向舞动着，之后它要去解开头上的手巾。侍女总管屏住呼吸，一直看着猫的举动，随后她好像想到了什么，直接往厕所去了。她上过厕所后沿原路返回，虽然又经过了这个房间，但这次她根本没有偷看，而是安静地回到自己的房间睡下了。

侍女总管的确看到了家猫的怪异举动，可是如果把这件事说出来，首先会让年轻的侍女们害怕，影响她们干活。另外，山内家家老[①]、大权在握的柴田备后家里出了这种怪事，要是传开来，肯定会影响主人的威信。侍女总管向来贤明可靠更胜男子，所以她把这件事藏在心里，对谁都没说。

三天以后。侍女总管因为白天太累，晚上睡得很沉，但睡梦中总觉得好像有人在一下一下地打自己的额头。她睁开眼睛一看，那天晚上跳舞的那只红褐色的猫正坐在自己的枕边，抬着两条前腿敲打自己的额头。这下子，侍女总管也吓了一大跳，她大叫着跳了起来。猫好像也受了惊，飞跑出去不见了。

---

① 家老，武将家的忠臣，主宰家政，统率家中。江户时代一藩中设置数名，多为世袭。

第二次遇到怪异事件，让侍女总管改变了不告诉任何人的想法。第二天早上，主人备后刚起来，她就过去把事情一一说了。

“是吗？这可真是有意思啊。”备后微笑着说。

“那么，那只猫该怎么处理呢？”

“嗯，不管它就行了。”

侍女总管很了解备后的性格，便没再多说什么。

备后喜欢打猎，只要一有闲暇时间就会扛上猎枪出去。到秋天快结束时，他有了一些时间，说这次打算到北山那边去打猎，他还自己在房间里融铅，铸出十来发子弹。把小铸锅架在火盆上，等里面的铅熔化成黏稠的液体了，倒进黏土做成的模子里就可以。

备后打算铸十发子弹。他拿着铸锅的手柄，想看看铸出了几发。他数数台子上灌了铅液的模子，发现共有九个。

“九个，再来一个吧。”

备后再次把铸锅放到火上，无意中往台子那儿扫了一眼，发现那只红褐色的肥猫正站在那儿，静静地看着自己。

“哦，你看着呢。”

备后微笑着说。他见铸锅里的铅熔好了，就把铅液倒进另一个模子里。

“这样就是十发，十发就没问题了。这样很好，很好。”

备后把铸锅放到台子的一侧，开始剥除模子上的黏土。闪着光泽的十枚白色子弹从黏土中显现出来。这时，刚才盯着备后看的猫已经不知跑到哪里去了，备后也没去管。他从模子中取出第三枚子弹时，才想起铸锅底部还留着一点铅液。他想，干脆再铸一枚好了。于是趁着铸锅还没凉下来，他赶紧把锅放到火上。又从一两个模子里取出子弹以后，他看到锅里的铅液已经熔化了，就将其倒进剩下的模子里。

第二天一大早，备后带着精心铸成的十发子弹，一个人走出家门奔北山而去。他在野兽出没的地方四处搜寻了一整天，却发现连平时常见的猴子都不见踪影。他沿着寒风吹拂的山谷小路向下走。

山顶上还有冷冷的夕阳光亮，但山谷里已经有些暗了。小路左边矗立着一块巨大的岩石，一眼看过去，大石之上有一只山猫似的野兽，眼睛正发着亮光。备后从早上到现在一枪都没开过，心里早就按捺不住了，这时他如同见到仇人一样，立刻用火绳点燃了猎枪的火舌，接着传来了子弹打中什么的声音。

"一——"

跟数数声一同响起的还有放肆的嘲笑。备后大吃一惊，看向岩石上方。那奇怪野兽的一只前爪里好像握着什么黑色的东西。看来，数数并且发出嘲笑的就是这怪兽了。备后越发惊讶，迅速塞进第二枚子弹，点燃火舌。还是射中了什么。

"二——"

数数声和嘲笑声交替响起，真是古怪至极。备后开了第三枪。

“三——”

子弹好像射中了怪兽手里那个黑色的东西。备后打出第四发子弹。

“四——”

怪兽依次数着子弹数目，备后的眼睛都红了。

“十！”

数到十以后，怪兽把接住子弹的黑色东西扔向备后。

“备后，你已经没有子弹了！”

怪兽在岩石上站了起来，两眼灼灼放光，马上就要飞身扑下来。备后腰间的皮袋里还有用剩下的铅铸成的最后一枚子弹。他手上飞快地动作，将子弹塞进猎枪打了出去。怪兽发出一声可怕的尖叫，消失不见了。

备后感觉自己确实打中了怪兽，便开始在周围寻找，可是什么都没找到。他捡起怪兽扔出来的黑色东西，往家中走。回去的路上他仔细一看，原来那是一个旧茶壶的盖子，上面留着很多痕迹，好像是自己的子弹打出来的弹痕。

回到家里，备后说了怪兽的事，又拿出带回来的旧茶壶盖子。原来，那正是自己家里茶壶的盖子，当天不知怎么不见了。再一问起家里养的那只猫，从早上开始竟没有任何一个人看到过。让备后颇为恼火的怪兽应该就是那只猫吧。

过了五六天，备后房间周围萦绕着一股恶臭。掀开榻榻米检查地板下面之后，发现家里那只红褐色的猫浑身是血，已经死了，而猫的胸口上正有一个弹孔。

出于对这怪猫的迷信，柴田家建了一间小小的祠堂。

柴田家位于现在的高知市本町四丁目的南侧。直到前些年，其宅邸旧址里还保留着那个小祠堂，现在因为盖起了很多房子，那祠堂也就消失了。

五拾三次
岡部
猫石の
寺西閑心
一勇齋國芳画

どろぼう猫

贼猫

・梦野久作

どろぼう猫

这天天气非常好，花猫坐在缘廊上来来回回地抹着脸。这猫连一只老鼠都不抓，还特别爱偷东西，附近的人家都很讨厌它。可它很会“喵喵咕噜咕噜”地撒娇讨好，所以很受这家人的疼爱。

正巧，这家的赤犬从旁边经过，看见花猫就跟它打了个招呼：“花子，你好啊。”

花猫回过头，也招呼道：“哎呀，是赤太郎啊，泥地上越来越凉了吧？”

“花子，你在干什么呢？”

“我化妆呢。我跟你可不一样，我是要去接待客人的。”

狗心想，这可真是个讨厌的家伙，但它忍了忍，走开了。

第二天，狗又一次经过缘廊，看见猫正使劲用爪子“唰唰”地挠着榻榻米。

狗责备地问：“你干什么呢，花子！”

“我在清理榻榻米缝隙里的灰尘呢。你别总是我一做点什么，就过来唠叨啊。榻榻米上跟地上的情况可不一样啊。”猫冷淡地说。

狗觉得这简直没法忍受，可这家的人很疼爱猫，它只好强忍下来走了出去。

恰好这段时间，这家厨房里的食物经常丢，而且都是在橱柜里不见的，橱柜的门还关得好好的。

所以这家的人就把女仆喊了过来，申斥道："是你偷吃了吧？还怪到了狗和猫的头上吧？"

女仆也不知道是谁把食物偷走了，根本没法解释，给狗喂食的时候她红着眼睛哭了一场。

狗觉得女仆实在太可怜，肯定是那只猫把厨房的食物偷走了，所以一直注意着猫的一举一动。

有一天，狗正好来到厨房，说来也巧……猫正一门心思地把橱柜里的一大片牛肉往外拽呢。

狗没法不管了，怒喝一声："你这贼猫，干什么呢！"

"吵死了。女仆在这片肉里放了'不需猫'老鼠药，我正要把它放到老鼠的必经之路上呢。你在家外面巡逻，注意小偷就可以了。还是赶紧出去吧。"

狗终于爆发了："闭嘴！既然用了'不需猫'，那没有你这家伙也就无所谓了。赶走家里的小偷正是我的职责所在！"

猫轻蔑地笑了："少说大话了。连榻榻米都不能上的家伙，还能赶走家里的小偷？"

"当然能，就这么赶！"

说完，狗迈开带着泥土的腿，一下跳上地板。

"啊！救命！"

猫只来得及喊了一句，就一下子被狗咬住，使劲甩了甩，都没

Jun Sekino

“喵”上一声就死掉了。

这家人被这里的动静吓了一跳，跑过来一看，这才终于知道原来猫就是小偷。太太对女仆说道：“之前怀疑了你，真是对不住了。这片肉就给狗当奖励吧。”

女仆高兴地流下了眼泪。

狗也开心地摇起了尾巴。从此以后，这家的食物再也没丢过了。

真言
嘘
一勇斎國芳画

猫

ねこ

· 小川未明

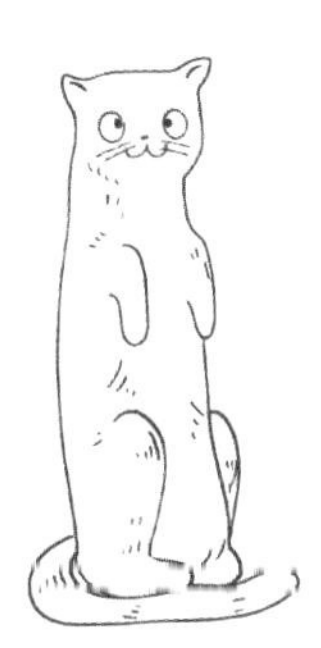

主人家搬到远方去的时候，黑猫被扔下了，从那天开始，它不仅没了睡觉的地方，早晚也得不到食物了。没办法，只能白天翻翻这边的垃圾箱，瞄瞄那家的厨房后门，到了晚上就跑到陌生人家的屋檐下或者储物间之类的地方，缩成一团睡觉。

过去疼爱它的人们也变了，只要它一出现，就说“啊，野猫过来了”，往它身上泼水，淘气的孩子只要走过就会捡小石子扔它。它的毛色原本十分漂亮，可因为最近哪儿都钻，变得脏兮兮的，看起来特别难看。

另外，被赶出来的时候，黑猫的肚子里已经有了小猫。肯定是冷酷无情的主人觉得“生下小猫又是麻烦，还是把它扔掉吧”，于是便把它抛下了。

可怜的猫不知道自己应该在哪儿生孩子，它每天都到处观察，却始终找不到一个它觉得安全的地方。对人类不能掉以轻心，对狗和其他猫也绝不能放松警惕。

所以比起给自己寻找食物，即将成为母亲的黑猫一门心思地寻找能安全生下可爱小猫的场所这件事更为重要。

终于，它在远离人家的树林里找到了一个不错的地方。于是它做

好准备，去那边生孩子，最后生下了三只可爱的黑白花小猫。从那以后，母猫担心的事情就跟过去不同了。就算藏身的地方被风吹雨淋，它也不会让风雨打在小猫身上，小猫们总是暖暖和和地缩在母猫的肚子底下，无忧无虑地睡着。

日子一天天过去，三只小猫从母猫的肚子底下爬了出来，追赶着蟋蟀和青蛙。

母猫静静地守护着小猫们玩闹。如果小猫们跑得离自己太远，它就“喵喵”叫几声阻止它们，看起来像是在说：“不能走得太远，除非妈妈同意，不然你们不能去那么远的地方。”

但是有一天，母猫出去寻找食物，回到树林以后发现，它不在家的时候，两只小猫不见了，不知去了哪里。被狗吃掉了，被人带走了，还是掉进水沟里了？母猫嗓子喊到嘶哑，把附近都找遍了，却还是不知道小猫的去向。失去两个孩子的母猫该是多么难过啊！它悲伤地从夜晚哭到天亮。母猫想，至少一定要让仅剩的一个孩子幸福。

“一直让它在树林里生活，也太可怜了。还是得找一个亲切的人来照顾它。”母猫如此想。

母猫想找一户没有淘气孩子的安静人家。一天，它带着小猫去了一户人家。那户人家只有一位漂亮的太太和一位老奶奶两个人一起生活。

“去吧，你去那位太太身边吧。”说着，母猫把小猫送进那家，自己躲在阴影里观察情况。小猫想要靠过去爬上太太的膝盖。

太太看见了，说：“哎呀，讨厌。”冷酷地把小猫扔到了外面。

母猫舔舔小猫安慰它，然后把小猫带到了一户有孩子的人家，依然藏起来观察情况。

这家的妈妈总是在忙碌地干活。小猫跑到她脚边哭起来。

“哎呀，好可爱，小正、小勇，快过来看。”妈妈说。孩子们立刻跑到妈妈身边。

“啊，是只可爱的小猫。妈妈，如果是别人不要的猫，咱们家来养吧。”说完，孩子们削鲣鱼干、准备米饭，家里顿时热闹起来。看到这个景象，母猫终于放心了。

“你一定要多多保重！”母猫在心里祈祷着，自己转身离开了。

豊邨

廿九
一勇斎國芳画

阿富的贞操

お富の貞操

· 芥川龙之介

明治元年[1]五月十四日的午后，官厅已经发下通知："官军将于明日黎明时分攻打东睿山彰义队[2]。上野一带居民应迅速撤离，前往他处。"下谷町二丁目的一间小干鱼店，古河屋政兵卫已经撤离，厨房角落的鲍鱼壳前面却还有一只很大的公三花猫静静地团成一团。

家中门窗紧闭，所以虽是午后时分，屋里仍然一片漆黑。四下传进耳中的除了连日来的雨声再听不到任何声响。雨时而急促地落在看不见的屋顶上，时而又远远退去飘在半空中。每当雨声变大，猫就会瞪圆琥珀色的眼睛。在这个连灶台都看不见的漆黑厨房里，只有这时才会看到两点令人害怕的磷光。可是，一旦发现除了雨声之外再没有任何变化，猫便一动不动地再次将眼睛眯成一条线。

这样反复几次，猫好像终于睡着了，也不再睁开眼睛。然而，雨依然时而急促，时而停止，时间在这样的雨声中渐渐移向黄昏。

---

① 明治年号自1868年9月8日始，至1912年7月3日。

② 彰义队，1868年，以德川庆喜的心腹旧幕臣为中心组成的志愿队，以护卫庆喜和警备江户的名义占据上野宽永寺，后被大村益次郎指挥的官军消灭。宽永寺是天台宗关东总本山，山号东睿山，是德川将军家的菩提寺之一。

然而在将近七点时，猫好像受到什么惊吓一样突然睁大眼睛，连耳朵都竖了起来。不过，雨已经比之前小了很多。街上传来轿夫们飞快跑过的声音——除此之外什么都听不到。可是，在几秒钟的沉静之后，漆黑的厨房很快透进模糊的亮光。挤在狭窄地板间上的灶台、没有盖子的水缸里的水光、供奉在荒神[①]前的松枝以及天窗的拉绳——这些东西都一一可见了。猫变得越发不安起来，它看着敞开的水口[②]，肥大的身子慢慢地站了起来。

这时，水口的门打开了，不，不仅门打开了，连围挡[③]也被打开了。开门的是一个淋成了落汤鸡的乞丐，他先是把包着旧手巾的脑袋伸了进来，听了会儿屋里的动静，确定家里没人后轻轻地走进厨房，身上的草席满是新鲜的水痕。猫放平耳朵向后退了两三步，但乞丐一点都没惊讶，伸手关上身后的围挡，慢慢将头上的手巾摘了下来。他脸上全是胡子，还贴了两三贴膏药。可即便满面脏污，还是能看出他的五官是一副平平无奇的长相。

“三花，三花。”

乞丐拧掉头发上的雨水，一边擦着脸上的水珠，一边小声叫着猫的名字。猫好像对他的声音很熟悉，放平的耳朵又竖了回来，但还是

---

① 荒神，被当作灶神供奉的三宝荒神。

② 水口，厨房里为了去打外面井水所设的出入口。

③ 围挡，从地面起 30 厘米左右，用木板或纸隔扇制成。

站在原地没动，用满含怀疑的眼神盯着乞丐的脸看。这时，乞丐扔下身上的草席，迈着两条看不出肤色的泥腿，大大咧咧地在猫面前盘腿坐了下来。

“三花兄，怎么了？——看这空无一人的地方，看来只有你被扔下了啊。”

乞丐独自笑着，伸出大手摸了摸猫的脑袋。猫有点想逃开，但此刻它不仅没飞快地跑开，反而在原地坐了下来，渐渐地眼睛也眯起来了。乞丐停住摸猫的动作，从穿的旧和服里，拿出一把闪着光亮的短枪。接着，他开始在模糊的光线里检查起扳机的情况来。一个乞丐，在充满“战争”氛围的、空无一人的厨房里摆弄着手枪——这的确是一个充满了小说感的少见场景。然而眯着眼睛的猫依然弓着背，好像知晓了一切秘密似的，只是冷漠地坐在一边。

“一到明天啊，三花兄，子弹就会像雨一样落到这一带了，要是被那东西打中可就要死啦，所以明天就算外面闹得再怎么厉害，你都要在地板下面躲上一整天啊。”

乞丐检查着手枪，不时对猫说上几句话。

“我跟你也算是老相识了，但是今天咱们就要告别啦。明天对你来说是一场大难，我说不定明天就要死了。如果明天我能不死，以后我就再也不跟你一起翻垃圾堆啦。这么一来，你可要高兴坏了吧？”

这时，外面的雨又变得急了，雨声喧嚣起来。云低低地压向屋顶，屋顶上的瓦片都笼罩在雨雾之中，照进厨房的微弱光线比之前更加暗淡了。然而乞丐连头也没抬，小心翼翼地向终于检查完毕的手枪里填充弹药。

“你会不会舍不得跟我分开啊？唉，大家都说猫是‘三年养恩，转眼就忘’，所以我应该也是指望不上你了啊。不过，唉，这种事也无所谓了。只是，如果我也不在了——”

乞丐突然停住话音。好像有谁在外面朝水口走过来了。乞丐迅速把枪收进怀里，转过身来。与此同时，水口的围挡也一下被人拉开了。乞丐立刻摆出戒备的架势，却刚好迎面对上了闯入者的视线。

拉开围挡的那个人一看见乞丐，也吓了一大跳，“啊”地轻轻叫了一声。那是一个赤着脚、拎着一把大黑伞的年轻女子。她差点要冲动地跑回外面的雨里去了。然而，当最初的惊吓过去，终于恢复了勇气后，她却透过厨房微弱的光线紧紧盯着乞丐的脸。

乞丐好像也因为这个意外而目瞪口呆，保持着立起单膝坐着的姿态，直勾勾地盯着对方。他的眼神也像刚才一样，没有一丝的松懈。两人沉默了片刻，视线交汇到一处。

“什么啊，你不是老新吗？”

女子好像冷静了一些，这样对乞丐打了个招呼。乞丐也笑眯眯地对她点了点头。

“真是不好意思啊。因为雨下得实在太大了，没办法，就到没人的家里来躲躲雨——绝对不是想要闯空门、偷东西的意思。”

“吓了我一大跳，真是的——就算你说不是想闯空门，可厚脸皮也得有个度啊！”

女子甩甩雨伞上的水滴，很生气地加了一句：“行了，你赶

紧走吧，我要进屋了。”

“好，这就走。就算你不说，我也会走的。不过，姐，你还没撤离吗？”

“撤离了。虽然已经撤离了……这跟你有什么关系？”

“然后发现自己忘了什么东西吧？——哎呀，您快请进，那儿会被雨淋到的。”

女子好像还在生气，对乞丐的话答也不答，直接坐在水口那儿的地板上。然后把脚伸到水池里，开始“哗哗”地往腿上浇起水来。乞丐依然若无其事地盘腿坐着，摩挲着长满胡子的下巴，一直看着女子的动作。她肤色微黑，鼻子附近长着雀斑，是一个典型的乡下小个子姑娘。她的衣着打扮也符合女佣装束，是手织棉布做的单衣，腰上只系了一条带子。但她眉眼鲜活灵动、身体结实，她身上的那种美会莫名地让人联想到新鲜的桃子或梨子。

“在这种时候还要特意回来拿，肯定是特别重要的东西吧？是什么啊，你忘的那个东西？啊？姐——阿富姐。”

“跟你有什么关系？你还是赶紧出去吧。”

阿富的回答语气很是生硬，可她好像突然想到了什么，抬起头看着老新的脸，认真地提出了一个问题：“老新，你看见我家的三花了吗？”

“三花？三花就在这儿呢——欸？它跑到哪儿去了？”

乞丐四下环视。原来不知什么时候，猫跑到架子上的研钵和铁锅中间去了，正团成一团蹲坐在那儿。阿富和老新同时看到了猫，于是她放下手里的舀水勺，好像把老新忘得一干二净，站到地板上，露出灿烂的笑容，开始召唤架子上的猫。

老新不可思议地移动视线，从昏暗架子上的猫看向阿富。

“姐，你忘的东西，难道就是猫吗？”

“猫怎么不行了？——三花、三花，来啊，快下来啊。”

老新突然笑了起来，这笑声在雨声里发出令人不快的回响。

阿富再一次火冒三丈，气得脸都红了，突然对老新大骂道：“有什么可笑的？家里的老板娘把三花给忘了，都已经快急疯了。她念叨着三花被打死了怎么办，一直哭个不停。我觉得她太可怜，所以才冒着雨回来的——”

“挺好的。我不笑了。”

虽然这么说，可老新还是笑个不停，把阿富的话打断了：“我再也不笑了。哎呀，你想想啊，明天就开始‘打仗’了啊，可你们忘的不过是一两只猫而已，怎么想都会觉得可笑啊。虽然当着你的面说不太好，但你们家老板娘真是又不明白道理又抠门小气。首先，来找那只三花兄……”

“你闭嘴！我不想听你说老板娘的坏话！”

阿富气得直跺脚，但乞丐却并没有被她凶狠的态度吓到，不仅如此，他还毫不客气地将视线投向她，目不转睛地盯着她的举动。实际上，那时她的一举一动都充满了粗野的美。被雨淋湿的和服、腰带——不管看向身上哪里，布料都紧紧地贴在皮肤上，明明白白地诉说着那一看就是处子之身的年轻肉体。

老新依然盯着她看，边笑边继续说："首先，让你来找那只三花兄，你心里也明白有多危险吧？难道不是吗？现在上野一带已经没有留下来的人家了。所以这里看起来是街市，实际上跟一个人都没有的荒野没什么两样。当然了，这里是不会有狼的，可谁知道会遇到什么危险呢——首先，我这么说没错吧？"

"不用你替我瞎操心。你赶紧把猫给我弄下来吧——再说，这不还没开始'打仗'呢，能有什么危险啊？"

"我可没跟你开玩笑。年轻姑娘一个人出来走动，这种时候怎么会不危险呢？别的不说，现在这里就只有你和我两个人，万一我起了什么奇怪的念头，姐，你打算怎么办呢？"

老新的语气渐渐变了，让人听不出他到底是认真的还是在开玩笑，但阿富清澈的眼睛里连一丝害怕都没有。

只是跟刚才相比，她的脸颊红得更厉害了。

"什么啊，老新——你是要吓唬我吗？"

阿富好像自己要去吓唬人似的，往老新那边迈了一步。

"吓唬？只是吓唬还算好的呢。现在这世道，肩膀上顶着漂亮的牌子却不干好事的家伙多了去了，更何况我只是一个乞丐。我可不只是吓唬你，如果我真的起了什么奇怪的念头……"

老新话还没说完，脑袋上就狠狠地挨了一下子。不知什么时候，阿富已经站在他的面前，高高举起了那把大黑伞。

“你少说这些狂妄的话！”

阿富举着伞，又一次用力向老新的脑袋打去。老新立刻想要躲开，但伞却打到了他穿着旧和服的肩头。猫被这动静吓到，一下踢掉了铁锅，飞快地跑到供着荒神的架子上，又把供神的松枝和闪着油光的灯油碟撞了下来，掉到了老新身上。老新最后还是站了起来，可在那之前免不了被阿富的雨伞打了好几下。

“你这畜生！畜生！”

阿富继续挥动雨伞。老新虽然挨了打，却终于一把抓住雨伞，把伞扔了出去，之后迅速向阿富扑过去，两个人在狭窄的地板上扭打起来。这期间，雨又在厨房的屋顶上发出激烈的声响。随着雨声变得激昂，光线却越发暗淡下来。老新虽然被打、被挠，却只是一门心思地想要制住阿富。他几次都没成功，可就在终于要按住阿富的时候，他突然像弹起来了似的，一下跳到水口那边去了。

“你这个疯婆子……”

老新背靠围挡，眼睛始终盯着阿富。阿富的头发已经乱了，她坐在地板上，反手握着一把剃刀，应该是藏在腰带里带过来的。她现在看起来杀气腾腾，却又莫名地艳丽非常，可以说，与荒神架子上那只弓着背的猫十分相似。两个人一时都没说话，只是看着对方的眼睛。可很快，老新好像刻意发出一声冷笑，从怀里掏出那把手枪。

“看看，这下你就该怕了吧？”

枪口慢慢地对准了阿富的胸口。然而她只是懊恼地盯着老新的脸，始终没有说话。老新见她没有动作，好像想到了什么似的，将枪口向上抬。在昏暗的光线中，隐约可以看到枪口前方正是琥珀色的猫眼。

“可以吧？阿富姐——”

老新好像在逗弄对手似的，带着笑意说道：“只要这把枪‘咚’地一响，那只猫就会一头栽到地上。就连你也是一样。这样可以吧？”

扳机似乎即将被扣动。

“老新！”

阿富突然开口。

“不行，不能开枪。”

老新看向阿富，但手里的枪依然牢牢地对着猫。

“我知道不行。”

“打死它也太可怜了，你就放过它吧。”

跟刚才相比，阿富的样子完全不同了。她的眼神里满是担忧，微微颤抖的嘴唇间，能看到细细的牙齿。老新半是嘲笑半是惊讶地看着她的脸，终于还是垂下了枪口。这时，阿富的脸上才露出松了一口气的表情。

“那我就放过这只猫，不过作为代价——”

老新蛮横地扔下一句话：“作为代价，你的身体得借我用用。”

阿富转开目光。那一瞬间，她的心里好像一下涌起了憎恨、愤怒、厌恶、悲哀以及其他种种复杂的情绪。老新深深地关注着她的变化，同时侧身走到她身后，拉开通往饭厅的隔扇。跟厨房相比，饭厅里的光线更加昏暗。然而作为撤离的痕迹，没能带走的碗柜、长火钵都还

加賀安

能看得很清楚。

老新站在那里，目光落在微微透着汗水的阿富的胸口。好像感受到了这目光似的，阿富转过身子，抬头看着老新的脸。不知什么时候，她的脸又恢复了之前那种鲜活的神色。而老新却好像有些狼狈，他怪异地眨眨眼，又突然将枪口对准了猫。

“不行，我说了不行——”

阿富一边阻止他，一边将手里的剃刀扔到地板上。

“既然不行，就赶快到那边去吧。”

老新脸上露出一丝冷笑。

“谁要过去啊！”

阿富气愤地低声说着。但是，她突然站了起来，好像自暴自弃的女子一般，快步走进饭厅。看到她这么快就放弃了抵抗，老新显得很是惊讶。这时，雨声已经变得十分微弱了，夕阳的光从云层缝隙中照下来，昏暗的厨房里也渐渐有了光亮。老新站在厨房里，认真听着饭厅里的动静。解开带子的声音，躺到榻榻米上的声音——之后，饭厅就静下来了。

老新犹豫了片刻，迈步走进微亮的饭厅。饭厅正中间，阿富一个人静静地仰面躺在地上，用衣袖遮住了脸。老新一看到这情景，立刻像逃跑似的退回厨房。他的脸上是一种无法形容的奇怪表情，看起来既像厌恶，又像羞耻。他一站到厨房的地板上，就再次背对饭厅，突然苦笑出声：“开玩笑的，阿富姐，我开玩笑的。你快出来吧……”

——片刻过后，阿富怀里抱着猫，一只手拿着伞，轻松随意地跟

铺着破草席的老新说话。

“姐，有件事我想问问你——”

“什么事？！”

“不是什么大事。那个，对女人来说，失身是一辈子的大事。可是阿富姐，你为了救一只猫的命——阿富姐你这不是太胡闹了吗？”

老新闭上嘴不说话了。可阿富轻轻笑了，抚摸着怀里的猫。

“你就这么喜欢这只猫吗？”

“三花当然很可爱了——”

阿富给了他一个暧昧不清的回答。

“还是说，因为你在这一带是出了名的替主人家着想，如果三花死了，你觉得对不住老板娘——你是出于这个想法吗？”

“哎呀，三花很可爱，老板娘肯定也很重要。但是，只是我——”

阿富歪着脑袋思考着，目光看向远处。

“该怎么说才好呢？只是，那时不那么做的话，我总觉得不安心。”

——又过了一段时间，老新独自抱着包裹在旧和服里的膝盖，呆坐在厨房里。在稀疏的雨声中，暮色渐渐迫近。天窗的拉绳、水池边的水缸——这些东西都一个个消失在黑暗中看不见了。这时，上野的钟声一下下敲响，在雨云的笼罩下荡开沉重的声音。老新好像被钟声吓到，悄悄地四下看了看。摸索着走下地板，到了水池旁边，用木勺“哗哗”地舀起水来。

“村上新三郎源繁光，今天可真是惨败啊。”

他低声说着，有滋有味地喝起黄昏的水来……

明治二十三年三月二十六日，阿富跟丈夫和三个孩子走在上野的广小路。

那天，正好是在竹台举行的第三届国内博览会的开幕式当天。黑门一带的樱花也刚好都开了。所以广小路人头攒动，拥挤不堪。参加过开幕式后，从上野那边返回的马车、人力车连成一线，络绎不绝。前田正名、田口卯吉、涉沢荣一、辻新次、冈仓觉三、下条正雄[①]——马车和人力车上坐的宾客里不乏这些名流。

丈夫抱着五岁的二儿子，让大儿子拽着自己的袖子，不停地躲避着往来的行人，还不时担心地回头去看身后的阿富。阿富牵着大女儿的手，每当丈夫回头，她就会露出一个灿烂的微笑。当然，二十年的岁月过去了，她已经年华不在，但她眼中闪耀的光亮跟以前没有任何分别。她是在明治四五年间，跟现在的丈夫，也就是古河屋政兵卫的外甥结的婚。丈夫当时在横滨，现在则在银座的一条街上开着一间小小的钟表店……

阿富无意间抬起眼睛，这时刚好一辆双驾马车驶过，悠然地坐在车上的正是老新。老新，如今的老新身上——鸵鸟羽毛的帽饰、

① 均为明治时期的政治家、企业家等。

威严的金丝缎饰带、几个大大小小的勋章，满是各种象征着荣誉的标记。然而看那半白的胡子中间露出的红脸膛，的确就是当年的那个乞丐。阿富不由得放慢了脚步，但不知道为什么，她一点都没觉得惊诧。老新并不是一个普通的乞丐——莫名地，她好像早就知道了。是因为相貌，谈吐，还是因为他手里的那把枪？总之，她就是知道了。

阿富连眉毛都没动一下，只盯着老新的脸。不知道是故意还是偶然的，老新也一直看着她的脸。在这个瞬间，二十年前那个雨天的回忆，一下涌上她的心头，清晰得让人难过。那天，为了救下一只猫，她轻率地打算顺从老新的要求。那到底是因为什么呢？——她自己也不知道。在当时的情况下，面对她可以任由其施为的身体，老新却连一个指头都没有碰。那又是因为什么呢？——她当然还是不知道。可是，虽然不知道，但阿富觉得这些都是理所当然的。马车从她旁边驶过，她觉得自己心中若有牵挂。

老新的马车驶过时，丈夫又在人群中回过头来看她。她一看见丈夫的脸，就露出了微笑，好像什么都没有发生，鲜活而又喜悦……

愛度圖會
越中滑川大蛸
七
一勇齋國芳画

沃森夫人的黑猫

ワゥーソン夫人の黒猫

· 萩原朔太郎

沃森夫人是一位头脑聪慧，受过良好教育的女士。丈夫沃森博士去世以后，她进入一个学术研究会的调查部工作，负责整理图书。她每天早上九点上班，下午四点回家。在众多知识女性当中，她个子很高、体形瘦削，皮肤有些发黄，属于神经质的类型。但她在健康上并没有任何问题，总是透彻又理性地处理事务，爽朗干练地工作。换句话说，她是这类职业中的典型女性。

一天早上，她在平时的时间出门上班，和平时一样处理事务。手上的工作结束后，她感到十分疲惫。一看办公室的表，刚好是四点零五分，于是她收拾好桌上的文件准备回家。丈夫去世后，她在一条远离主路的冷清小巷里租了一个房间，那儿地方很小，也没什么装饰，生活真可谓乏味至极。到了下午回家的时候，一想到那空荡荡的房间，每天毫无变化地等待她回家的床铺，窗边极为老旧的书桌以及书桌上无聊的墨水瓶，她就感到一种无以言表的乏味，觉得人生格外忧郁。

这天也是如此，到了平时的下班时间，她顿时产生了和平时一样的空虚之感。然而在这种感觉的深处，或某一个点上，一种不同于平时的、不可思议的预感，如同寒战一样阵阵袭来。出现在她心底的并不是平时那间无聊的房间，而是一个隐藏着更为低劣厌恶的阴郁之物，充满不快气息的险恶房间。这种极具压迫的厌恶感让她实在不想回到自己的家。但到了最后，她还是穿上厚重的外套，走上了平时的那条回家的路。

站到房间门口时，她感到肯定有什么东西在房间里。在自己上班期间，一定有什么人不知在什么时候、从某个地方钻进这房间里了。在这想象的谜团中，一种莫名其妙的预感正无可置疑、确确实实地变得越发清晰了。“房间里一定有什么东西，肯定有。”她犹豫了一会儿，之后鼓起勇气，一下打开房门。

然而，房间里安安静静的，没有任何身影，和平时一样整洁。不管哪里都没有任何变化。只有一点不同，中间的地板上正坐着一只陌生的黑猫。那只黑猫睁着大大的眼睛盯着夫人，如同静物般一动不动，安静地蹲坐在那里。

夫人并没有养猫，那只黑猫肯定是趁她不在家时从外面钻进来的，可它是从哪儿进来的呢？夫人出门向来小心，总是把门关得很严。她当然会锁门，而且连所有的窗户也都关严锁好了。夫人很是多疑地把房间的各个角落都查看了一遍。无论哪里，都绝对没有能让猫钻进来的缝隙。这个房间既没有烟囱，也没有换气孔。不管怎么查看，都没有一个地方能让猫钻进来。

夫人认为，也许是自己不在家的时候，有人——恐怕出于盗窃的目的——来到这个房间，打开了一扇窗户，猫碰巧就在这时钻了进来。那个人在房间里做了什么事以后，又把窗户关好离开了。这时，猫就被关在了这个房间里。实际上，除了这个推断之外，她想不出其他的解释。

夫人在精神上绝对没有任何问题，相反地，她还是位十分理性、爱好推理的女性。然而身为女性，面对这不可思议的事件还是会感到毛骨悚然。自己不在的时候，一个陌生人潜进家中，还在客厅里做了些什么，只是这样一想就觉得心情极度糟糕。

夫人感到一种可恶的压迫感，就像被噩梦魇住了似的。但她素来喜爱推理，发誓一定要找出这奇怪事件的真正原因。如果的确是某个人打开窗户闯了进来，那么窗户上一定会留下撬过的痕迹，即便没有，也多多少少会留下一些指纹。夫人慎重地调查了一遍，然而窗户上没有任何的异常，也没有任何类似指纹的东西。从这点来看，房间里绝对不存在有人进入的痕迹。

第二天早上起床时，夫人想到一个绝妙的办法。就是在房间的各个角落里薄薄地撒上一层颜色不引人注意的粉笔粉末。如果今天也和昨天一样，在她出门以后发生了什么事情，那么一定会在地上留下脚印，成为确实的证据。那只讨厌的猫也是一样，肯定会在钻进来的地方留下脚印。那么，一切事情的原因就都能明了。

她执行了这个计划，确认过计划会成功之后，她穿上外套，平静地出了门。但是，当办公室的挂钟接近四点时，平时那种不安的预感依然涌上她的心头，总觉得有什么人正坐在自己的房间里。这种感觉十分清晰，而且就像在眼前飞动的小虫一样，执着地挥之不去。这种不祥之事总是会变成现实。果然，今天那只黑猫依然坐在房间里，用令人毛骨悚然的沉静的眼睛盯着夫人。而且，房间里的情况跟夫人满心的期待恰恰相反，就连一个小小的脚印都没留下来。在密闭房间的沉重空气中，早上撒下的粉笔粉末如同霉菌一样堆积在地面。没有任何一粒粉末发生了哪怕些许的变化。很明显，没有人进过这个房间。

接连发生的奇异事件和推理的结果让夫人彻底陷入了困惑。事实证明，没有任何人来过这里，连猫也绝对没有办法从外部钻进来。但奇怪的是，那只没留下脚印的猫，不是正好好地坐在她面前的地板上吗？猫就在此处，还有比这更确凿的事实吗？再说，只要不是魔法的奇迹，这只猫没有任何道理能够连一个脚印都不留下就出现在这个密闭的房间里。

夫人彻底放弃了理性。但即便如此，第二天她还是更加小心谨慎地做了同样的试验。然而结果没有任何变化，而且第二天那只恶心的黑猫又坐在了地板上。而就在她打开窗户的同时，这奇怪的动物也总是如影子一般迅速不见了。

最后，夫人想到了一个计划。为了查清黑猫到底是从哪儿进来的，她打算一整天都藏在门外的阴影里，从门上的钥匙孔往屋里看。第二天，她请了假，又照常锁好了窗户，之后拎着一把椅子来到门口。她锁好门，把椅子放到钥匙孔前面，一秒都不放松地盯着屋里。从早上到下午是很长的一段时间。对她紧绷的注意力来说，这也是一段极为难熬，几乎要无法承受的漫长时间。于是，她的注意力开始松弛下来，也开始想一些其他的事情发呆。她不时从胸前的衣服内袋拿出手表，看着指针走动。在这漫长的时间里，屋里什么都没有发生。夫人再次拿出手表，这时指针正好指向四点零五分，她像刚从打盹中醒来的人

柳下亭
種員記

一勇斎國芳画

一样立刻紧张起来。再次向钥匙孔里看去，这次，那只黑猫已经好好地坐在房间里了，而且还是在同一个地方，保持着同样一动不动的安静姿势。

除了超自然的奇迹之外，已经没有办法解释这件事了。她唯一能够明白的事实就是，在临近下午四点时，虽然不知道从哪里出现，也不知道是怎么出现的，总之，一只大黑猫会出现在房间里。夫人甚至已经没法相信自己的认知了。她已经用尽了所有能做的方法，尝试了所有能想到的试验。夫人想，难道是自己的神经出现了问题？是自己发疯了吗？她站在镜子前，想看看自己的瞳孔有没有放大。

日复一日，这可憎的事实执着地让沃森夫人陷于痛苦之中。她彻底进入了歇斯底里的状态，甚至白天都能在办公室的桌子上看到猫的幻影。有时，还会把街上来来往往的所有人都看成是猫变幻的。那时她被癫狂的强烈憎恶之情所驱使，想要揪住那装成绅士的妖猫的尾巴，狠狠摔到地上，她甚至已经无法克制自己了。

然而，她最终还是恢复了理性。为了通过旁观者的证言来确认这个奇怪的事件，她打算在家里招待朋友。于是，就在猫惯常出现的时间之前，她把三位朋友请到了家里。其中的两位是跟她做同样工作的妇女，还有一位则是一位相当年长的哲学家，是她过世丈夫的好友，跟她也像家人一样亲近。

夫人将访客和自己所需要的四把扶手椅围成一圈摆在房间中央，她特意选这个位置，就是为了让每位客人都能看到那只猫。刚开始的时候，大家都很安静，都没说话。过了一会儿，交谈就热烈起来，大家都愉快地聊着。话题也从各种杂事转到了灵魂领域。

那位年长的博士哲学家对这方面有浓厚的兴趣，讲了最近由某家精神研究会报告的，一个特别活泼的幽灵的故事，逗得这些妇女哈哈大笑。只有沃森夫人认真地问道：“动物也有幽灵吧？比如说猫的幽灵。”

大家一起笑了起来，都觉得“猫的幽灵”这个词特别好笑，但就在这时，那只黑猫又一次出现了，而且刚好就在众人的椅子前面。它不知道从哪扇窗户悄悄地钻了进来，摆出一副平静的样子依然坐在惯常的那个地方。

“那这个事实是什么？”

夫人绷紧了神经，指着地上那只猫，想让大家把注意力都集中在那只动物身上。

众人看了看夫人指的地方，但很快就移开了视线，开始了其他话题，谁都没注意那只猫。也许他们对这种无聊的动物没有兴趣吧？于是夫人说：“它是从哪儿进来的呢？窗户都关着，我也没养什么猫。”

客人们又笑了，夫人的话在他们听来，好像是一个古怪的笑话。他们很快回到了此前的话题，开心地聊了起来。

夫人感到一种极为不快的侮辱。怎么会有这样不知礼数的客人！他们明明看见了那只猫，也知道自己提出的问题的意思，自己是认真提问的，可是怎么样呢？他们假惺惺地装作不知道，故意无视自己。“无论如何，”夫人心中暗想，“要让这些假装不知道的人往地上那只动物那儿看，不管他们愿不愿意，都要让他们盯着那儿，不能看别

間
女之
風俗

的地方。”

出于这个用意，夫人把咖啡杯掉到了地上。她做出因为失误而吓到的样子，把散落在众人脚下的碎片集中起来，又礼貌地道歉，为女性客人擦拭衣摆上的咖啡。这些举动肯定会让客人们的目光投向地板，必然会让他们注意到脚下的那只猫。然而人们开心地交谈着，对主人这微不足道的过失毫不在意。大家还故意聊得很热烈，尽量不去看因过失而显得狼狈的主人。

沃森夫人难以忍受地焦躁起来。她期待着第二次能够成功，执着地重复了同样的行为，将茶匙掉到了地上。亮闪闪的银匙在地板上弹了几下，发出尖锐而澄净的声响，然而那声音被妇女们快活的谈话声掩盖了。谁都没注意到这个事件，甚至都没有人看上一眼。夫人变得越发神经质了，她彻底歇斯底里了，感到情绪要强烈地爆发，想要采取激烈的行为。她突然站了起来，腿上用力，像发泄似的把地板踩得“咣咣”响，这野蛮粗暴的声响把室内的空气都震动了。

这突如其来的异常举动果然引起了客人们的注意，大家都吃惊地看向夫人，但也只是看了那么一会儿，之后大家就又回到各自的话题中了。这时，沃森夫人的脸色变得十分难看，她再也无法忍受客人们的装模作样和无礼了。勃发的激烈情绪如火一般迅速蔓延到她的全身，她再也无法压抑自己的强烈冲动，想要抓着那些可恶家伙的脖子，用力按到地板上那只猫的前面。

沃森夫人踢倒椅子，她那本能的憎恶之情不断高涨，突然抓住了一位女性客人的脖子。那名女子纤细的脖颈被沃森夫人灼热的右手掐着，如同濒死的天鹅一般抽动着。夫人把那女子拉倒在地，残忍地把她按在地上来回拖动，那女子鼻子上的皮都被磨破了。

“看啊！”

夫人怒吼道。

“这里有只猫啊！”

夫人重复地喊了几次。

“就算这样也看不见吗？”

惊恐的尖叫声顿时响起。女性客人们拼死尖叫，吓得靠在墙边呆立着，又滑倒在地板上。女性客人们几乎都彻底晕过去了。只有那位年长的博士哲学家，面对这突如其来的怪事，只是呆呆地看着。沃森夫人用一双充血的眼睛盯着地上的猫，那只个头很大的，恶心的黑猫在刚才那么长的时间里一动也不动地安静地坐在那儿。它这如同烙印般的形象无论如何也挥之不去了，恐怕这一生都会执着地纠缠她。“就趁现在！”她想，“一定要打死这家伙！”

夫人拉开书桌的抽屉，取出一把小巧的女士手枪，手枪的象牙柄上嵌了贝壳。这把枪是夫人不久前买回来的，打算用来杀死那不吉利的猫。现在让它履行使命的机会来了。

夫人把手放在扳机上，盯着地板上的猫。只要开枪，长久以来让她痛苦的根源就会随着烟雾一同消失。想到这儿，她的心情变得安稳而冷静。于是在瞄准之后，她用力扣下扳机。

随着轰鸣的枪声，烟笼罩了整个房间。但是当烟雾散尽，那只黑猫还坐在之前那个地方，好像没有任何变化。它睁着蚬子一样的黑眼睛，

和平时一样盯着夫人。夫人再次举起手枪，比刚才走得更近，朝着猫的脑袋开了一枪。但是烟雾散去之后，猫还是像之前一样坐在那里。这挥之不去的姿态让夫人控制不住地发狂了。无论如何，她都要杀死这只纠缠的黑猫，彻底抹掉它的存在。

“跟它拼个你死我活！”

夫人绝望地想。于是憎恶的激烈情绪涌上了头顶，她疯狂地胡乱开着枪。三发！四发！五发！六发！最后子弹耗尽时，她才发现有黏稠的红色液体像丝线一样从自己的太阳穴流下来。同时她眼前一黑，感觉四周所有的墙都一起倒了下来。她发出一声撕心裂肺般的尖叫，在满是火药味、烟雾蒙蒙的房间里，如同一根燃烧的柱子般轰然倒下。她的唇边流着血，苍白的脸庞之上是一蓬因疯狂而抓乱的头发。

附记：这个故事的主题是詹姆斯教授的心理学书中所引用的一个真实事件。

四季之内 冬
一勇斎國芳画

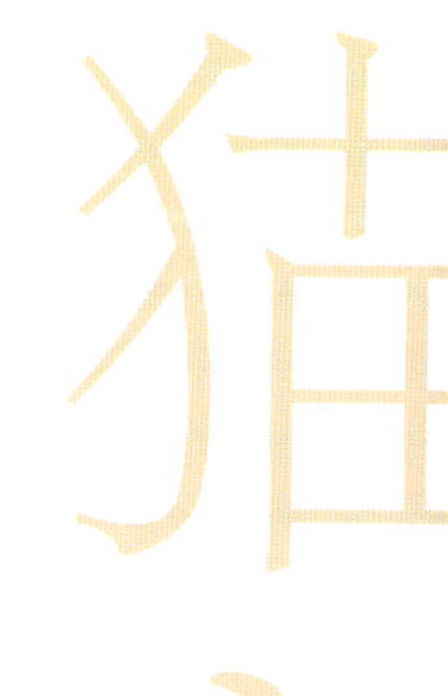

猫与村正

小酒井不木

猫と村正

“母病危速归”，收到这样一封电报后，我匆匆收拾了行李，迅速前往东京火车站，准备返回家乡名古屋。最后，我坐上了晚上八点四十分发车，开往姬路[①]的第二十九号火车。

因为频频发生盗窃等犯罪事件，这趟火车近来被称为“魔之列车”，成了人们恐惧的焦点。我也感觉颇为不快，但是我不知道母亲突然生了什么病，或者母亲该不会已经离世了吧？一想到这些我就急得不得了，而这趟车是我能坐上的最早一班，所以就没管那么多，坐上了三等座。

虽然是“魔之列车”，但在东京站就已经坐满了。我座位对面的长椅上坐着一个四十岁左右的男人，他戴着墨镜和草帽，洋服外面罩着夏季外套，但是他的脸色极为苍白，换句话说是面相不太好，因为最近的犯罪事件，他让我产生了一些不好的感觉。但是，当我脱掉鞋子坐在长椅上，靠着车窗闭上眼睛以后，很快就忘掉了这个面相不好的人，脑子里想的全都是母亲的事。

平时火车的声音总会让我昏昏欲睡，可今晚我却怎么都睡不着。

---

① 姬路，兵库县南部城市，从东京前往姬路的火车途经名古屋。

后来，我想起了留在东京牛込区家里的妻子，以及马虎应付的公司的工作，思绪漫无边际，没有尽头。

因为是梅雨时节，火车过了国府津的时候，雨就下起来了。雨点滴滴答答落在车窗上的声音，更加深了我悲伤的思绪。车里全是香烟的烟雾，乘客里有睡觉的，也有在玩闹的。在微暗的灯光下，人们的脸庞暗淡不清，好像都莫名地带着一丝旅途的哀愁。也许是我想得太多，我竟在他们的脸上看到了因“魔之列车”而产生的类似戒备的神情。我猛然看向眼前那个面相很差的人，那个人正睡着，还发出轻微的鼾声。

之后，可能是因为脑子很累，我不知不觉睡着了。在火车刚过滨松的时候，车厢里突然乱了起来，把我吵醒了。我想知道发生了什么事，留心一看，发现列车员和其他的铁路工作人员正慌乱地来回走动。我心里产生了一种奇怪的预感，一看我前面的座位，那个面相很差的墨镜男好像去了别的地方，没在这个车厢。我问后排的人发生了什么事，才知道刚才二等车厢的乘客被偷走了大量现金，事情闹得很大。这趟列车果然不负“魔之列车”的称号，想到这儿，我感觉全身的汗毛都竖了起来。

随后，我想去洗手间，于是站起来打算穿鞋，这时却发现我右脚的鞋子不见了。我很吃惊，在长椅下找了找，却没找到。天一黑我的想象力就会变得特别旺盛，总觉得我丢失的鞋子跟二等车厢的盗窃案之间有什么关联。“魔之列车”——二等车厢的盗窃案——面相很差的男人不在座位——我的鞋子丢了。这么一想，我顿时觉得坐不住了。

“列车员，不好了！我的一只鞋子不见了！”我冲正巧走过的列车员高声喊道。乘客们一起看向我，还有些人甚至站了起来。

列车员阴沉着脸走了过来，先在我的长椅下找了找，当然是没有的。接着，他又去我面前的空长椅下找，过了一会儿，他站起身，右手抓着一只鞋子。

“不是就在这儿吗？您说得那么夸张，吓了我一大跳。”

列车员语带责备地说，我觉得有些不好意思，可又突然发现，列车员手里拿的鞋子跟我的鞋有些不太一样，而且不可思议的是，那是只左脚的鞋。

“列车员，这不是我的鞋啊，我丢的鞋是右脚的，那只不是左脚的吗？”

听我这么一说，列车员露出奇怪的表情，比了比他手里拿的鞋和我的左脚鞋子。

“哎呀，这可真是奇怪了，说不定……”

这时，刚才不见的墨镜男子用手绢擦着手走了回来，看到列车员的举动，他露出惊讶的表情站住了。列车员立刻看向那个人的脚。

“哎呀，您两只脚上穿的不都是右脚的鞋吗？”

那人低下头，盯着自己的脚看了一会儿，露出一种刚注意到的表情。

“啊，这可真是不好意思，我没注意……”

“这只鞋是您的吧？”列车员把手里的鞋递到那人面前。

“没错，的确是我的鞋。”那人红着脸回答。

列车员脸上露出怀疑的神色，他肯定觉得这家伙很奇怪吧？随

后，列车员又突然严肃起来。

“不过，这不是很奇怪吗？自己穿了别人的鞋子，难道会没注意到吗？”

“不是，我真的非常抱歉。总之……”

“只说一句抱歉可不行啊，穿错鞋子，这怎么想也不可能是一个偶然的错误。”

“但我就是穿错了啊，就原谅我吧，我刚才只是去了趟洗手间而已啊。”

“这个嘛，如果是平时，也就笑笑过去了。可是，刚才二等车厢发生了那样的案件，所以麻烦您到乘务室来一趟吧。”

那人的脸色突然变白了。

“既然这样，我就在这儿把话说明白吧。实际上，我的一只眼睛看不见。”

说着，那人摘下墨镜，他右眼上的伤疤非常凄惨，我看了觉得十分可怜。尽管如此，列车员还是没有同意。

“但是，是别人的鞋还是自己的鞋，一穿上不就能立刻感觉出来吗？”

“那是因为我的左腿是假肢。”

那人说着就要挽起裤腿，列车员和缓了脸色。

“啊，您不必如此，是我失礼了。”

说完，列车员放下鞋子，像逃跑似的离开了。然而那个人没有一丝生气的样子，再次在我前面坐了下来。

内膳之助
古猫の怪

一勇斎
國芳画
江崎屋

“我错穿了您的鞋吧？真是太对不住了。因为我身体不方便，还请您千万原谅……”

“没关系，”我赶忙止住他的道歉，“您不方便，快请坐。让您费心了，我才是不好意思。”

我去了洗手间，回来以后，那人从架子上的抽绳袋里拿出梨和小刀，还分给我吃。我感谢了他的好意，之前我因为他面相很差而怀疑过他，现在心里觉得很不好意思，于是没有跟他客气，吃了起来。因为母亲和妻子的事而混乱不堪的头脑，到这时才终于有了一丝放松，同时我也对这个人产生了好奇。因为我凭直觉感到，这个人很可能是由于某种深刻的因缘才变成了残疾人。

“您要坐到哪一站啊？”那人问我。

“因为收到母亲病危的电报，我要回名古屋去。”

“这样啊，那您一定很担心。我特别能理解您现在的心情，我现在就带着妻子的骨灰去她的家乡大津。”

听了这话，我非常惊讶，不由得盯住了那个人脸。

“您母亲正在生病，我说这话太不吉利了，真是非常抱歉。”

“不会，吉凶什么的，我是坚决不信的。”我笑着回答。

而那人却突然严肃起来。

“吉凶还有怪物作祟什么的，我以前也一直是不信的，但自从妻子离世，我又变成了残疾以后，我还是觉得这种事情不得不信。”

听到这话，我油然产生了一种奇怪的感觉。我平时对迷信相当排斥，可今天收到母亲病危的电报以后，却莫名地没法排斥了。实际上就在刚才，听到他说妻子的骨灰时，我就强烈地感到母亲可能会死去。

“您太太是最近去世的吗？”我低沉地问。

“是五十天前去世的。”那人的表情十分悲伤，我觉得自己不应该问这些，打算转换话题，于是问道：“问这个可能不太礼貌，您是在战争中受了伤吗？”

那人的表情却更加悲伤了。

“就在妻子去世的同一天，我的眼睛和腿也受伤了，因为还没习惯假肢，之前才会犯了那样的错误。”

这时，我虽然十分同情他的遭遇，但更感觉自己之前的预感是准确的，也特别想问问他受伤的原因。可是这种问题怎么能问得出口呢？所以我没说话，只是看着车窗外。

雨还在下，打在车窗上的雨滴细碎地流淌。火车完全不了解我们的心绪，依然发出单调的声音向前奔驰。

我再次看向那个人，正巧我们的视线交汇了。他好像能看到我心里的想法一样，笑着说：“现在离深夜还有一段时间，您要听听我的故事吗？”

我心里非常高兴，立刻表示同意，于是这个人开始对我讲了下面这个可怕的故事——

我在日本桥有一家股票经济店。您一定知道，玩股票的人都是非常迷信的，然而我刚才说过，我对迷信之类的事全不放在心上。但是最近，因为发生在我身上的不幸和灾难，我已经彻底变成了一个迷信的人，也开始认为，那些一直不相信吉凶和作祟的人，只不过是一直过着平凡的生活，没有遇到任何不幸而已。

我现在带的其实是我继妻的骨灰。之前的妻子在一年半前去世了，从那以后，我家里就不断发生灾祸，直到最后继妻死去，我也成了残疾。而这些不幸也好，灾难也好，全都是因为先妻的亡灵作祟。我这么说，您可能会笑我迷信吧，但是您听我继续讲就会明白了。实际上，先妻并非自然离世，她是自杀的。

过去，我就觉得她的执念非常可怕，但是在过去的四十二年里，我根本没想到她会是一个那么极端的人。她自杀的原因不是别的，正是嫉妒。因为我有了别的女人，她非常气愤，用日本刀割了脖子死去了。虽然我是她家的养子[①]，但结婚两年以后，父母就先后去世，只剩下我和她两个人相依为命。我们没有孩子，可能这也是她歇斯底里越发严重的原因吧。

她那个人用一句话来描述，应该说是个丑女。最开始我并不愿意与她结合，后来出于种种复杂的原因，还是跟她结婚了。这桩婚姻从一开始就是错误的，当初我要是果断拒绝当养子就好了。说到底，还是我自己意志薄弱，所以才造成了现在这种悲惨的命运。媒人频频对

---

① 养子，日本自古就有收养子的传统，其中婿养子是较为普遍的一种形式，只有女儿的人家将女婿和养子合一，女婿上门后改成妻子家的姓氏并且继承妻家产业。

我提议，就算对方容貌不好也没什么，在别处找个美女相伴不就好了。讽刺的是，我接受了媒人的建议，在外面有了别的女人，先妻因此深恨我和那个女子，最后自杀了。

我以前好像在什么书上看到过，容貌丑陋的女子通常性格残忍，但我从自身的经验发现，那种残忍在她死后会变得更加强烈。我在外面的女人曾是个艺伎，这事被先妻听说了以后，我家里就充满了阴森可怕的氛围。她不仅会哭着控诉我，有时还会咬牙切齿地责备我。每次都是店里的人过来说和，但次数多了，我终于忍无可忍。在一天晚上，我去了外面的女人那里，我不在家，她就用家里代代相传的村正[1]刀割了脖子，自杀了。

我想，村正刀并不需要我多做介绍，这把刀一直有会给主人家带来不幸的传说。也有人说，这把刀一旦出鞘，若不见血便不能收回。从我往前数的第四任主人精神错乱，用这把刀杀死了自己的妻子。先妻果然也发了狂，用这把刀自杀了。不，如果不小心，说不定她连我也会一起杀了。关于佐野治郎左卫门[2]的歌舞伎剧目里有这样一句念

---

① 村正，是室町中期的著名刀匠，德川家曾因使用村正刀而发生过不祥事件，所以从江户时代开始就产生了村正妖刀的说法。

② 佐野治郎左卫门，江户中期下野国佐野的农民，频繁出入吉原的妓女八桥之门，因遭厌弃而杀死八桥等多人。根据这个事件改编有多出歌舞伎剧目，如《笼钓瓶花街醉醒》。

白："这宝刀笼钓瓶好生锋利。"但是我觉得，那把刀说不定就是村正。

我家里传下来的那把村正刀也正如剧中的笼钓瓶一样，是一把锋利的宝刀。先妻的伤口竟然深达颈椎骨，连验尸的人都吓了一跳。只割了一刀，女人力气又小，竟能留下那么深的伤口，全都是因为那把刀极为锋利。后来我自己也体验到那把村正究竟有多锋利，那的确是一把削铁如泥的刀。以前我一直觉得，就算刀再怎么锋利，只要用刀的人没有掌握技巧，就无法发挥出其锋利之一二。可后来想想，才明白我这个想法错得离谱。

另外，先妻自杀时还留下了一封可怕的遗书。上面写着她一定会化为幽灵，将我外面的女人杀死，或者要么使我成为残疾，要么也把我一并杀掉。最后，我们果然遭遇了这样的命运。

本来，这些都是那嫉妒成狂的女人常说的话，我一点也没在意。先妻死后半年里，我和情人身上什么都没有发生。因为觉得没人照顾生活很不方便，我终于把那个女人娶进门成了继妻，而这件事，也就是所谓招致不幸的开端。

我家里有一只母三花猫，是从我祖母那代就开始养的。虽然那只猫的体形很大，但先妻把它当成孩子一样来疼爱。甚至可以说，她对那只猫的疼爱已经超出了一般的范畴。先妻自杀后，她的尸体被发现时，三花猫就蹲在尸体上。店里的人吓了一跳，想把猫撵走，可好一会儿，不管怎么撵它都不肯动弹。这只三花猫跟继妻一点都不亲近。如果继妻想把猫抱起来，它肯定会挠她并且跑开。

先妻还活着的时候我就不怎么喜欢这只猫，先妻死后，这只三

花猫好像总是对我怀有一种敌意。而且，三花猫时常静静地站在那儿，目不转睛地盯着我们，每次被它盯着，我和继妻都会起一身鸡皮疙瘩。最后，继妻觉得先妻的灵魂附在那只猫身上，求我把猫扔掉。一开始，我让店里的人把猫带到牛込，把它扔到那里，可是过了两天，它好又端端地回来了。我开始觉得害怕，好几次把它带到相当远的地方扔掉，可过上三四天它一定会再回来。继妻提出干脆把猫毒死算了，但是我们又害怕猫会作祟，所以一直没敢毒死它。

不知不觉间，先妻去世已有一年。继妻的右眼开始变得模糊，看不清东西了。我让她赶快去让眼科医生看看，可继妻是个虔诚的某教信徒，说只要祈祷就行了，于是不仅不去看医生，还经常去附近的某教分部。后来，她的眼睛几乎看不见了，所以我总是劝她去看医生。可继妻也有颇为顽固的地方，只是一味地反对我。

一天，继妻告诉我，她问了神灵，原来她的眼病是因为先妻的幽灵作祟，而先妻的幽灵就附在三花猫身上，只要三花猫还留在家里，她的眼病就不会好，所以她接下来要祈祷，希望三花猫消失。我心里大为怀疑，这种事能做到吗？

然而不可思议的是，三花猫很快就不见了。十天、二十天过去了也没有回来。继妻知道以后非常高兴，越发相信神灵的力量，还乐观地相信自己的眼病一定很快就能痊愈。

可是眼病不仅没好，她的右眼还彻底看不见了。然而即便如此，继妻依然只借助信仰的力量，并不去看医生。

一天晚上，我回家非常晚。平时继妻从来不会在我之前睡下，可

那天晚上她说有些不舒服，就先躺下了。而且她平时都是开着灯睡觉，那天她说晃眼，就把电灯关掉了。我很随意地走进卧室，妻子听到我的声音就起来了，那时我在黑暗中看见一个闪闪发亮的东西，好像是猫的眼睛。

“三花猫！”我不由自主地叫了起来。

“欸？”继妻说着跳了起来，打开电灯。

但是，房间里并没有三花猫，我们面面相觑，都在对方的脸上看到一种恐惧与放心混合的表情。

“真是的，吓死我了！”继妻说。

“啊，是我看错了！别怪我了。”

说完，我换上睡衣，让她躺下，我关了电灯正要躺下，却看到之前那个发亮的东西就在继妻的枕边。我腾的一下跳起来打开电灯，房间里还是没有猫。

“哎呀，这是怎么了？”她害怕地说。

“什么、什么都没有。”我回答，声音的的确确在颤抖。

我关掉电灯，再次躺了下来，我转向她，又一次看到那个发亮的东西。我强忍着剧烈震荡的心情，慢慢朝那个东西伸出右手，但我抓住的是她的鼻子。

“干什么呀？”她笑着说。但是我笑不出来，我伸出手指，进一步探向那个发光的东西，我摸到的是她右眼的睫毛。我像被烫到一样缩回了手。

像猫眼一样闪闪发光的，毫无疑问就是她的右眼。

那时，我觉得自己的心脏简直就要从胸口跳出来了。

继妻变成猫了！

猫在作祟！

先妻的执念！

想到这儿，我害怕得不得了，甚至都没有勇气告诉继妻这件事。那天晚上，我整夜都在思索，根本没睡着。到了第二天，我决定不把这件事告诉她。因为我觉得如果她知道了，说不定也会精神错乱。再说这件事说不定是我的错觉。于是，之后我在黑暗中悄悄观察她，发现她的眼睛确实像猫眼一样发光。

从那时开始，我彻底相信了怪物作祟这回事。现在回想起来，她的眼睛发光其实并不是什么不可思议的事，只不过，我对怪物作祟的坚信已经无法动摇了。

继妻对一切一无所知，继续前往某教分部。不过，她的右眼完全失明了。可是失明以后，她的右眼也不会在黑暗中发光了，对此我一时在心里感到十分高兴。但很快，她的眼睛不仅全无恢复的征兆，右眼还渐渐向外凸出，同时伴随着剧烈的头痛。

一天，她突然发起高烧，倒在床上了。我再也无法忍耐，叫来了医生，到了这时，她才终于同意看医生了。过来看诊的 N 博士给她做了检查，检查完后把我叫到了另外的房间，小声询问道：“最开始的时候，您太太的右眼是不是会像猫的眼睛一样在黑暗中发光？”

我非常惊讶，回答说：“是的。”

“那是‘克里奥姆’症，是视网膜上形成的恶性肿瘤。这种病的

患者以小孩子居多，但偶尔也会有成人。只要在眼睛像猫眼一样发光的时候，及时摘除肿瘤就可以了，可是现在已经晚了。”

“您说的晚了，是说右眼已经没法治了吗？”我担心地问。

“不是，非常遗憾，肿瘤已经转移到了脑部，引起了并发症急性脑膜炎，已经没有办法治愈了。”

我的脑袋好像被狠狠砸了似的，感到一阵头晕目眩，我连连跺脚，追悔莫及。

从那天晚上起，妻子就因为高烧而开始说胡话了：“三花猫来了！三花猫来了！”

她一直不停地喊叫，到第三天的下午，她离世了，才二十七岁。

虽然我知道她右眼的病并不是灵异的原因造成的，但是我坚信，她就是因为先妻的亡灵作祟而死的。我在心里诅咒着先妻的亡灵和被亡灵附身的三花猫。如果那时三花猫还在家里，我肯定会因为憎恨而把它打死。

我把妻子的尸体搬到一个八叠①大的房间。那个房间带有缘廊，前面就是宽阔的庭院，是她生前最喜欢的房间。我取下隔扇，让她朝着庭院的方向，为她点燃了香。烟雾袅袅流淌，在庭院翠绿的树叶附近静静飘动，那个情景我至今都无法忘记，每次想到都悲痛不已。

---

① 叠，原为计算榻榻米的量词，也作计量房屋面积的单位，一叠约为 1.62 平方米。

之后，我和亲戚们要商量葬礼等事情，都去了另外的房间。可没过多长时间，店里的人慌慌张张地跑过来。

“老板不好了，三花猫在庭院里出现了。”

听到这句话，我立刻怒火中烧。现在，我要向那只三花猫复仇。想到这儿，我走到里间，拿出了那把村正刀。可是拉开停放尸体房间的门，我大吃一惊，那只三花猫正静静地蹲在尸体上！

我“唰”地拔出刀。三花猫好像看出了我的杀气，立刻飞跑到庭院里。我也跟着来到庭院。这时，三花猫迅速爬上庭院里的杉树，我追在后面，大喝一声，一刀劈了下去。

我确实砍到了。

正当我这样想的时候，我的左腿和右眼传来了火烧一般的疼痛。

我一刀朝猫砍下去的时候，三花猫逃开了，但没想到的是，那棵直径有五寸左右的杉树竟然被这一刀斜斜斩成两段。上面那段树干完全落下来，掉落在我前面，树干的尖端贯穿了我的左腿，与此同时，一根枯枝也刺进了我的右眼。

说到这儿，墨镜男子停下来歇了口气。火车依然发着不变的单调声响，但我却莫名地觉得自己好像被拖进了一个恐怖的世界之中。

“啊，我的故事真是太长了。”那人接着说道，“之后，我立刻被送进医院，我的右眼丧失了视力，左腿因为伤口化脓，不得不将膝盖以下全部切除。继妻的葬礼都是亲戚朋友们帮忙操办的。我住院四十天之后，装了假肢，可以走路了。从那以后，三花猫再也没有出现过，永远消失了踪影。我也因此坚信不疑，我之所以变成残疾，都是由于先妻的亡灵作祟。”

故事讲完的时候，雨停了，天色也亮了起来。我在名古屋站与那人告别，匆忙赶回家中，原来母亲突发脑出血，情况十分严重。四天以后，她连意识都没恢复过一次就去世了。我不禁想到，自己在火车上听到的那个恐怖的故事，也许真的是母亲死亡的预兆吧。

朝櫻楼國芳画
版元伊勢

山海愛度圖會
えりをぬきたい
遠江 須之股川鱣
一勇齋
國芳画
佐野喜

七小町
雨ごい小町
一勇斎
國芳画

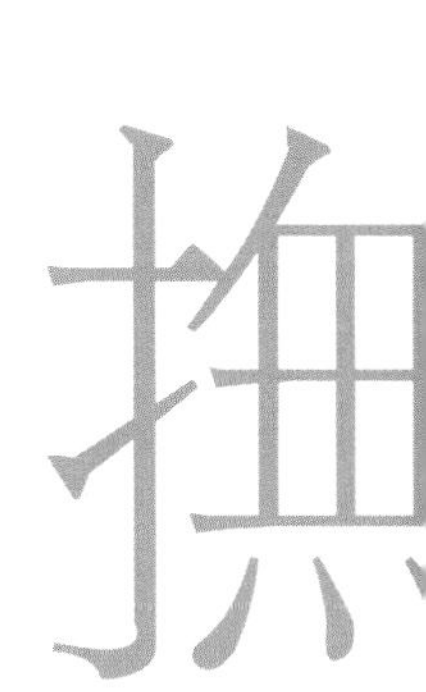

爱抚

爱撫

· 梶井基次郎

猫的耳朵实在是太有意思了。又薄又凉，就像竹笋的皮，表面长着一层绒毛，里面却亮闪闪的。说硬不硬，说软不软，简直是一种无法形容的特殊物质。从小时候起，我就特别想用检票器“啪”地夹一下猫耳朵。这是一个残酷的幻想吧？

可是，实在是因为猫的耳朵有一种不可思议的教唆力。有一个情景我至今难以忘怀，一位素来严谨的客人到家里拜访，小猫爬到他的膝盖上，他就一边说话一边来回揉捏着猫耳朵。

然而，我的这个怀疑竟然还颇为固执。用检票器“啪”地夹一下，这近乎儿戏的幻想只要没有断然化为行动，就会在我们的无聊之中不断地延展，甚至其存在的时间还远远超过我们外观上的年龄。早已明辨是非的成年人，既然都能兴致勃勃地像做三明治一样用厚纸夹住猫耳朵了，那何不干脆一点试试看呢？——我甚至已经在考虑这件事了！不过最近，一个突发事件揭示出了这个幻想的致命错误。

本来，猫即使像兔子那样被揪着耳朵拎起来也是不怎么疼的。对拉扯这个动作，猫的耳朵拥有一个奇特的结构。那就是不管哪只猫，耳朵上都有一个痕迹，好像曾经被扯破过似的，而那破了的地方又长着一个神奇的“补丁”，这样猫就不会失去自己的耳朵。不管是创造

论的支持者，还是进化论的笃信者，都会觉得这非常不可思议，也非常滑稽。在猫的耳朵被拉扯时，这一小片补丁可以起到减缓受力的作用。所以就算耳朵被拉扯，猫也是相当无所谓的。压力也是一样，如果是用手指去揉抓，就算力量再大，猫也不觉得疼。如果像前面说到的客人那样揉捏猫的耳朵，猫是极少会叫出声的。因此，我一直觉得猫的耳朵如同不死之身一样，什么都不怕，进而让它面临着被检票器夹的危险。有一天，我跟猫玩的时候，终于忍不住咬了那耳朵一口。接下来就是我的发现了。我才刚刚咬上，那无聊的家伙就立刻发出一声惨叫，我那长久以来的幻想当场就破灭了。耳朵被咬，对猫来说是疼的。在你咬得最轻的时候，惨叫就响起来了。你越是用力，它就叫得越凶，简直就像某种渐强效果绝佳的木管乐器。

我长久以来的幻想就这般消散了。不过，幻想这种东西总不会消失得那么彻底。最近我又产生了另外的一个幻想。

那就是——如果把猫的爪子都剪掉，猫会变成什么样呢？它恐怕会死掉吧？

想跟平时一样爬树——做不到；想瞄准人的衣摆跳上去——没办法；想磨爪子——什么都没有。也许类似的事它会尝试好几次，其间逐渐意识到现在的自己已经跟过去不一样了。它会逐渐失去自信，甚至处在某一个“高度”都会让它浑身发抖，因为它已经没有了总是能从“掉落”中保护自己的爪子。它会成为蹒跚走路的另一种动物，后来连路也不走了。绝望！并且在持续不断的噩梦里连吃东西的精神也失去了，最终——只能死去。

没有爪子的猫！怎么会如此无依无靠，悲伤凄惨！就像失去想象力的诗人，又像陷入早期痴呆的天才！

这个幻想总是让我十分悲伤。因为太过悲伤，我甚至没考虑过我设想的结果到底是否妥当。不过，失去爪子的猫到底会变成什么样呢？如果失去眼睛或者胡子，猫肯定是能活下去的。但是，那可是在柔软的脚底，隐藏在指间的爪子啊，像钩子一样弯曲、像匕首一样锋利的爪子！它是猫这种动物的活力、智慧、灵魂和一切，对此我深信不疑。

有一天，我做了一个奇怪的梦。

我在一个名为 X 的女人的房间里。这个女人养着一只可爱的猫，每次我过去，她总是会放下抱在胸前的猫，让它向我靠过来。我对此总是觉得不耐烦。抱起来一闻，那小猫身上总是带着淡淡的脂粉味。

在梦里，她正在镜子前面化妆。我在看着报纸什么的，无意间往她那边扫了一眼，吓得“啊”地低低叫出声来，她竟然在用猫的爪子往脸上涂抹香粉！我吓得汗毛都竖起来了，但仔细一看，才发现那原来是一种化妆工具，只不过是做成跟猫爪一样的形状而已。

因为实在觉得不可思议，我忍不住在她身后问道：“那是什么，你拿着抹脸的东西？”

“这个吗？”

夫人微笑着转过身，把那东西扔给我。我拿起来一看，果然是猫爪。

“这到底是什么！”

我问道，同时在电光石火间发现，平时那只小猫不见了，而我手里拿的正是那只小猫的前爪。

“你不是知道嘛，这是妙鲁的前爪啊。”

她的回答十分平静。接着又说最近外国很流行这个，所以试着用妙鲁做了一个。

“是你自己做的吗？”我一边在心里为她的残酷咋舌，一边问道。她说是找大学医学院的杂工做的。我听说大学医学院的杂工会把解剖过的尸体的头颅埋在土里制成骷髅，跟学生秘密交易，所以非常讨厌他们。怎么说也不用去找这样的家伙吧？在这件事情上，这个女人表现得全无体谅、冷酷无情，对此我更加感到憎恨。不过，她说这在外国十分流行，我好像也曾在女性杂志还是报纸上看到过。

——用猫爪做化妆工具！我拉着猫的前爪，把它拽到身边，我总是一个人笑着抚摸它的毛发。它用来抹脸的前爪侧面，密密地长着像地毯一样的短毛，好像确实能做人类的化妆工具。不过这对我有什么用呢？我“咣当”一下仰面躺倒，把猫盖在脸上。我抓住它的两只前爪，把它柔软的脚底一边一个贴到自己眼睛上。猫的体重令人愉快，猫的脚底十分温暖。所有的放松感渐渐渗入我疲劳的双眼。

小猫啊！你现在还小，可千万别走错了路。你很快就能竖起爪子来了。

猫の墓

猫之墓

·夏目漱石

猫の墓

搬到早稻田以后，猫渐渐瘦了下来，完全没有了跟孩子玩耍的意思。阳光照下来，它就去躺在缘廊上，前腿并着，方方的下颚搭在上面，静静地看着庭院里的花木丛，许久都不见它动上一动。孩子在旁边再怎么吵闹，它也是一副无动于衷的样子。而孩子也就不搭理它了，说这只猫不是能一起玩耍的伙伴，把老朋友当成了陌生人。不仅是孩子，女仆也几乎全不理它了，只是把三餐的食物给它放到厨房的角落而已。而那些食物大多都被附近的大三花猫过来吃掉了，猫也不生气，更毫无打上一架的意思。

它只是静静地躺着。然而不知怎么的，它躺着的姿态却没有轻松自如的感觉。它不是悠闲自得地躺着占有阳光，而是没有办法动了——只是这么说还不足以形容。那是已经超过了懒惰的界限，如果不动自然会很寂寞，但是动了便会更加寂寞，所以它只是忍耐着，好像是默默承受的样子。它的视线一直盯着庭院里的花木丛，不过它恐怕不认识树叶和枝干的形状了吧。那双泛蓝的黄色眼睛只是茫然地盯着某个地方而已。正如家里的小孩不承认它的存在，它自己似乎也明确地不承认世界上的其他存在了。

不过，有时它好像有事去过外面，又总是被附近的三花猫追赶。

因为害怕，它会跳上缘廊、撞破挡路的隔扇，一直逃到地炉旁边。只有在这个时候，家里人才会注意到它的存在。也只有在这个时候，它才会满足地意识到自己还活着吧。

这样的事重复多了，猫那条长尾巴上的毛渐渐开始脱落。最初是在尾巴的各处形成了小洞，后来脱落到露出了下面的红色皮肤，尾巴无力地低垂着，让人看着就觉得可怜。它用力蜷缩起疲惫至极的身体，频繁地舔舐着疼痛的部位。

“喂，猫好像不太好。”如果我这样说，妻子便会极为冷淡地回答：“嗯，是因为年纪大了吧？”我也就放着不管了。过了一段时间，猫连三餐的食物都会时常呕吐出来。它的咽喉处大幅度地高低起伏，发出既不像打喷嚏又不像抽泣的痛苦声音。虽然它看起来很痛苦，我们却没什么办法，看到了也只能把它撵到外面去。不然的话，不管榻榻米还是被子都会被它不管不顾地弄脏。家里用来待客的八反绸坐垫大多都被它弄脏了。

“没办法啊。肠胃不好吧？把宝丹化在水里给它喝。”

妻子没说什么。过了两三天，我问有没有给它喝宝丹。妻子回答说喝了也没用，嘴都张不开，接着又解释说，给它吃鱼骨头也会吐。“那不给它吃不就行了？”我一边略显无情地责怪着，一边看书。

猫只要不吐，就依然老老实实地躺着。它尽力把身子蜷缩起来，好像只有支撑着身体的缘廊是它的依靠一般，牢牢地蹲坐在那里。它的视线也有变化。最开始的视线好像是远处的东西映在近处一样，在它若有所思、无精打采期间，它的视线定格到某处，又渐渐古怪地动起来。然而它眼睛的颜色也渐渐暗了。日落时分，天上好像出现了微弱的闪电。但我还是没管它，妻子似乎也没注意。孩子自不用说，连猫的存在都已经忘了。

一天晚上，它趴在孩子的被褥一角，发出了好似被捕的鱼般的呻吟声。这时觉得奇怪的就只有我。孩子睡得很熟，妻子正专心做着针线。猫又呻吟了一会儿，妻子终于停下手里的针。我说："怎么回事？如果它半夜咬了孩子的脑袋可不得了。""怎么会呢？"妻子不以为意地又缝起和服里衣的袖子来。猫不时呻吟着。

第二天，它待在地炉的边上呻吟了一天。我去倒茶、拿烧水壶，总觉得颇为不快。然而到了晚上，我和妻子都把猫的事忘得一干二净。实际上，猫就死在那个晚上。到了早上，女仆去后面的储物间拿柴火时，猫已经僵硬了，倒在旧灶台上面。

妻子特意去看了它的死相，而且一改一直以来的冷淡，突然折腾起来。她拜托跟家里来往的车夫买来一块方形墓碑，说让我给它写点什么。

我在正面写了"猫之墓"，背面则写了"愿地下没有闪电雷鸣的夜晚"。车夫问就这样埋了好吗，女仆还嘲讽道："难道还要给它火葬吗？"孩子也突然爱起猫来，在墓碑左右各放了一个玻璃罐，里面插了很多胡枝子花，还用茶杯装了水放在墓前，花和水都会每天更换。

第三天的傍晚，满四岁的女孩——我从书房的窗户看到——独自一个人来到墓前，看了一会儿白木棒，最后沉下手里拿的玩具勺子，舀起供给猫的茶杯里的水喝了。这件事发生了不止一次。那飘落了胡栀子花的水，在宁静的傍晚数次润泽了爱女小小的喉咙。

在猫的忌日，妻子一定会在墓前供上一片鲑鱼和一碗拌了干鲣鱼片的饭。直到现在都没有忘记过。不过最近不是拿到庭院里了，而是会放在饭厅的柜子上。

佐賀の怪猫
此猫ハ佐賀の太守の愛妾於秀の方ニ化け
君を悩す近習の士昼夜守り居ると雖モ
夜半頃ニ至れバ苦悩甚しく宿直の士
眠りニ絶ず此悩ミを知らず然ニ足軽伊藤
左右太ハ忠臣無二強剛の者なり此者ニ宿直
を命ずるニ小柄を抜股ニ貫き眠気を忍び
守りゐたるニ於秀の方殿の寝所ニ入とひと
なく苦悩彌まし是を怪しき者と其姿の
始終を見て小森半之丞と示し遂ニ怪猫を
退治なり是左右太の大功なり
揚洲周延筆

流浪猫观察记

柳田国男

どら猫観察記

一

住在瑞士的朋友家里时，来了一位做日语教师的老妇人，看上去就要哭出来了。当时其所在城市将养犬税提高了三成，她对朋友说，真的交不起这样的税了，虽然好不容易才养到现在，但实在没办法，今天早上把狗送到政府机关去了。说着，似乎要流下眼泪来。

她所说的政府机关指的是杀犬局。跟东京等地不同，如果不纳税，在当地连一条狗都无法存活。假如不杀，街上就会看到大量饿死的狗。虽然养犬的文化十分发达，连解释“流浪狗”这个词都有些困难，但在日内瓦，街上的狗也很多。

在瑞士，单身人士养狗的很多，也常能看到跟狗说话的老人。还时常能看到有人从楼上的窗户里探出头来，默默看着行人的狗。有人见雨一停，就急匆匆地带狗出去散步。有人觉得自己偶尔独自外出时，狗在门口焦急地等待，实在极为可怜。那里还有一种类似旅馆的地方，可以在出去旅行或生病时把家里的狗送去寄养，但是不仅要支付费用，也总是让人心里感到不安，所以很多养狗的人都尽量不出去旅行。

那么猫又如何呢？观察之后就会发现，首先那里并没有养猫税。

但是家养猫的数量却明显少于狗。正如日本的普遍看法，狗是人的家臣，而猫则是家畜，是住宅的附属物。外出时锁上门，只把猫留在无人的家里是不行的。而且现在也有了驱除老鼠的新方法。所以人们普遍表现出了疏远猫的倾向。

“三公主”[①]和“命妇夫人”[②]等著名的故事也许会变成难以理解的古老传说。在我们国家，很多人都认为如果过分宠爱猫，猫就不会捉老鼠了，然而这不过是人们一厢情愿的虚假之说罢了，不在意这一点的人也有不少。城市里没有老鹰和乌鸦，所以看到被咬碎的老鼠久久地躺在街头，会让我想到猫的食物是何等的自由而丰富。就算没有我们的爱护，猫也尽可以生存。人和猫之间的关系日渐疏远也是理所当然的了。

二

在“水上都市”威尼斯，我曾在达尼埃里旅馆住了很长时间，听到经理对外地来的老太太说，这间旅馆的地下室以流浪猫众多而闻名。

---

① 三公主，或“女三宫”，指《源氏物语》中光源氏的第二位正妻。三公主性格天真烂漫，整日与猫玩耍。因猫闯出竹帘，被柏木大将见到面容。柏木爱慕三公主，甚至想办法得到了一只三公主的猫带在身边以慰相思。

② 命妇夫人，日本平安时代的一位天皇喜爱猫，曾给自己的小猫授予了“命妇夫人”的称号。

这样奇怪的事竟被当成了卖点，还煞有介事地写在旅馆的宣传小册子里，还写着可以为想看的游客提供向导。威尼斯的地下室大多潮湿得无法想象，在其暗处，如野兽一般的猫不知道栖息繁衍了几十代，数量更是难以计算。听勤杂工说，他们每天会把一定的食物放在猫能吃到的地方，所以那些猫并不是完全的野猫，但无论如何也不属于家畜。

听到这番话时，我联想到日本商家把猫的泥偶称为招财猫，并放到坐垫上的风俗，觉得十分好笑。达尼埃里旅馆煞有介事的广告不知始于何时，但是又有几家古老旅馆的地下室里没有猫呢？如果只是随便给它们一些食物，没有人去疼爱它们，那些猫除了藏进地下室繁衍生息，也没有其他出路。祇王、祇女[①]怨恨丈夫、厌倦尘世而遁世山林，但猫是绝无可能那么做的。

冬季也十分温暖的古都罗马，不仅是流浪汉的栖身之所，同时也是流浪猫的乐土。这件事可能已经写在什么人的游记中了，以古罗马广场为首，与市区相接的大小遗址都是它们的领地。在横倒于地的圣火神殿的石柱上，在新挖掘出的古代王侯的墓穴里，不管什么时候过去，都能看到它们奔跑着躲开人类的身影，没有一天不是如此。

在卡匹托尔山北麓，如今意大利王国第一位国王的纪念塔旁边，是留有壮观遗迹的图拉真广场，因为四周的高大石壁难以攀爬，总有

---

① 祇王，《平家物语》中京都的白拍子舞伎，祇女是其妹妹，受到平清盛的宠爱。但后来被自己推荐的白拍子舞伎佛御前夺宠，心灰意冷之下与母亲、妹妹一起隐居于往生院为尼。

数十只野猫在这里悠然自得地玩耍。也许青蛙和蜥蜴一类的东西就是它们的食物吧。看来，它们离开人类独立生活以后，逐渐建立了一个自在的新社会。猫这个种族的共同生活是由意大利的特殊环境造成的，那最终又会如何发展呢？也许以后，会有人因为对这个问题抱有兴趣而去拜访这座古城吧。

三

猫和人最初的接触始于何时？这种动物的分布情况是怎样的？关于这些问题，仍有许多尚未探明的历史。尽管如此，但是再次站在猫的视角来看，其文化剧变的原因无论如何都无法归为偶然。而且尽管远隔山海，对世界各处的猫来说，该原因都存在着共同之处。

回到东京以后，我发现流浪猫一家一如既往地与我家共同生存着。它们的特点是皮毛以白色为主，上面带有红褐色的斑纹，脸特别地平。这些连斑纹位置都大致相同的猫一代代地生活着，甚至在我大女儿出生之前它们就在这座房子里，没有搬出去过。我还隐约记得最初住到我家缘廊下的那只母猫。肯定是因为什么误会，它跟原来的主人分开，来到我家。

随着年龄的增长，这只猫的脾气也越来越不好，总是厚脸皮地连看都不看我们就从庭院里走过去。根据我们的观察，它竟然从没有半点放松过警惕。而且在安全地谋求食物这个方面，它掌握的技术是家养猫的好几倍。

一到春天，这只母猫就兴致勃勃地大叫，之后会有一段时间不见踪影，接下来就能听到小猫细细的叫声，避人的母猫的目光看起来更加凶恶了。过了几个月，两三只可爱的小猫就四处现身了。它们身上都有相似的红褐色斑纹。仔细观察一下，其中有的小猫十分害怕人，总是战战兢兢的，也有的小猫胆子比较大，会站在原地盯着人看，如果距离稍远一点，它就蹲着看，如果叫它，它还会“喵喵”地回应。只要房子的主人不是特别讨厌猫，渐渐与之接近，我想它们能够再次成为家养猫。

这些猫很快就都长大了，变成了让人束手无策的贼猫，之后它们再生下自己的孩子。因为毛色太相似，想分清这些猫的世代是不可能的，但怎么想也已经有十几代了。然而不可思议的是，老猫的数量并没有增加，或许是在我们不知道的地方不知以何种方式结束了生命。小猫自顾自成长着，一看就能知道大概的年龄。总是年轻的猫数量更多，这大概是因为和家养猫相比，它们的寿命要短上不少吧。

因为没有主人，它们看起来十分自在，而且非常悠闲。透过玻璃窗，可以看到它们一天之中不知多少次在庭院里来来往往。有时还会靠近稀疏的树枝和草叶独自玩耍。如果家里没人，白天它们不仅会到缘廊上睡觉，还经常悄悄钻进客厅里来。明明人一招呼就会立刻藏起来，但到了下雨天，可能它们还是觉得寂寞吧，只要隔扇是拉开的，它们就会无数次地往里面看，只要看见人就一定会发出叫声，完全不像与老虎同类的动物。

它们中唯有一只，在长大之前性格特别好，也很温驯。家里的孩子给它起了个名字叫小玉，给它喂吃的，一到庭院里就会去抱它，关系非常亲密。我曾怀疑过，会不会唯有这只猫是偶然从其他地方来的呢？但仔细一看，就会发现皮毛上的红褐色斑纹与其先辈非常相像，虽然遗传会发生一些变化，但一看就是这个家族的成员。后来，它也渐渐与人疏远，跟它的同类没什么区别了。

四

猫想要叛离人类的倾向，实际上很早就存在了。大体来说，猫与人之间的联结纽带远不如牛、马、鸡、犬那样牢固。人也没有对猫放松警惕，不曾彻底敞开心扉。正如梅特林克在《青鸟》[1]中展现的，猫也许对人怀有愤恨之情，甚至有些让人忍不住怀疑它想要复仇的举动。

而且对利己的人类来说，它们的奉献除了抓老鼠之外再无其他，甚至连这个工作还

① 《青鸟》，比利时戏剧家莫里斯·梅特林克创作的戏剧。两个孩子为寻找代表幸福的青鸟，召唤了几种食物、猫和狗等的灵魂。其中的猫女士蒂鲁较为阴险自私。

时常偷懒，有负所托。

猫究竟如何结束生命，我们基本上是不了解的。养狗并不需要多做什么，但是养猫，据说要在最开始就告诉它饲养的年限。时间一到，它就会离开。正因如此，就有了老猫化妖的传说。另外，也有人相信深山里有它们的聚集地，例如阿苏的猫岳[①]。我曾经听祖母说过一个故事，信州有个人生了很长时间的病，猫来到那人的病床旁边，始终不肯离开。“真是讨厌的猫，太可恶了。我如果尽快好起来，一定把它扔了。”这句话已经成了那人的口头禅。后来那人终于痊愈了，就用包袱皮把猫包起来，说要去扔猫，走出了家门，然而从此再也没回来过。

猫开口说话的故事也很多。这个故事也是从祖母那儿听来的。还是在山村里，一到春天，门前的路上常有卖鱼干的走过。有一天，四下非常安静，突然从隔扇外面传来“鱼干、鱼干”的吆喝声，但是比商人在外面的吆喝声小。她觉得很奇怪，拉开隔扇一看，街上一片安静，只在缘廊上有一只猫。大概是卖鱼干的每次过来都会给猫鱼干，它就记住了那个吆喝声，并且模仿起来。

《新著闻集》[②]中也有几篇猫说人话的故事。猫在追老鼠时一脚踏空，从房梁掉落到榻榻米上，说了一句“南无三宝”，这是比较古老

---

① 关于阿苏的猫岳，可参见柳田国男的《猫岛》。“猫化身为女人，集体居住在一所大院里，看到人了，就把人捉来放在浴缸里，让人变成猫。”

② 日本镰仓中期有说话集《古今著闻集》，记录了当时日本社会各方面的传说和故事。《新著闻集》应是晚期的类似作品。

的猫说话的故事。还有一个故事说，和尚得了感冒躺着睡觉，夜深时，有人从隔壁房间过来喊和尚。这时，被褥边的猫悄悄起来到了外面，低声说："现在方丈病了，不能跟你一起外出。"这被躺着装睡的住持听到了，第二天早上，住持平静地对猫说："不用管我，去你想去的地方吧。"于是猫立刻出去了，再也没有回来。

还有一个故事说一个人的手巾总是丢，仔细一看，发现猫悄悄地把手巾叼在嘴里往外走。那人惊讶得大叫起来，猫立刻跑出去不回来了。如果让猫来说，它们可能会讲，我们也就是模仿人类跳跳舞而已，怎么会偷手巾呢？人类自顾自地把猫捉来列为家畜，却又说什么它们的尾巴最终会分为两条[①]、尾巴太长很是古怪等，总是在心里怀着隔阂对待它们，最后只能招致猫的背叛。而且它们并没有远远退去，反而是留在人类周围，给人类带来小小的威胁。这与北美的情况有几分相似，过去被役使的奴隶成长后，渐渐成了白人社会的难解问题。

五

还存在着公三花猫[②]这个问题。除了单纯的物以稀为贵之外，不

① 日本传说中的妖猫"猫又"，其特征是尾巴分成两条。

② 三花猫绝大多数是母猫，公猫不仅极为稀少，而且繁殖能力极差。

知道从什么时候开始，社会上有了这样一种说法：如果在海上遇到风浪，将公三花猫献给龙神便可免于灾难。所以船老大即使花上重金也一定要买来一只。牺牲猫来供奉神灵的传说，在其他民族中也时有听闻。如果这就是人类最初把这种动物从深山里带出来的动机，那么猫化妖也不足为奇，背叛也实属自然。总而言之，人类与猫之间的交易已经结束了，现在不过是自古以来积累的愤怒尚残留着一些未解决之处而已。

没有尾巴的猫，在日本文化史上可以说是一个极为重要的史迹。这种猫是像猴子之类一样天生如此呢，还是像现在的海克纳马[①]或某种狗一样，是人出于趣味而做的所谓改良呢？这虽然需要由动物学家来确认，但我认为是后者。虽然是人为形成的特质，但在代代相传期间变成了固定的遗传基因，这种例子在人身上是最多的。不少人的耳垂上都会有一个小洞。日本人停止戴耳环已经有一千年左右了，但其痕迹依然传至现在。日本的猫没有尾巴，这在外国人看来十分稀奇。“猫的尾巴”这句谚语用来比喻“有没有都可以”，极少有白人听到这句话不惊讶的。然而听说他们惊讶，我们又感到大为吃惊。这个问题难道不应该思考吗？

我这番长长的论述实际上也是“猫的尾巴”，好像有没有都行，又好像还是有更理所当然。我们的祖先既然也是人，就没法说他们不

① 海克纳马，hackney，马的一种，英国诺福克地区本地种经改良培育而成，迈步时高抬前足、姿势优美。

会做没有意义的事情。把猫培育成这样没有尾巴的三花猫，再将其放归荒野，个中真意究竟是怎样的呢？是否真的没有丝毫的误解和自私，只是怀着先见之明考虑到猫的幸福呢？繁忙的绅士们恐怕永远都不会了解这个问题吧。

《太阳》杂志的记者滨田德太郎是我所知道的首屈一指的猫专家。此君的研究的出发点是猫本身的心理。那么关于现在猫之国的文化的未来，您是持乐观还是悲观的态度呢？我在这里向您请教。至此，我已经论述了自己所有的疑问点，最后还想补充的，是日本各地的方言中无法解释的变化性和一致性。有的县将猫称为 yomo，而有的县将狐狸称为 yomo。老鼠被称为“新娘”[①]也许就是 yomo 的讹变。也有的地方将麻雀称为“yomo 鸟”。而在南方诸岛，特别是冲绳，yomo 指的是猴子。从词语的感觉上，似乎指某种灵物或魔物，然而我无法确认。而且在琉球，现在已经没有这种被称为 yomo 的猴子了。

① “新娘”，日语词为“嫁が君”，读音为 yomegakimi，是老鼠的别称，特指在新年时对老鼠的称呼，是一种忌讳语。

美人合
春曙
五渡亭國貞画

猫（ねこ）

・北村兼子

初秋爽朗的风吹过竹帘，将清爽的空气吸进气管，氧气融入血液，动脉有节奏地跳动着……然而这些我感受不到。

躺在床上，仰望着澄净夜空中的明月，心中感受着远离人群、身处郊区的快乐……然而我看不着。

“砰”地拉上隔扇，空气完全无法流通，房间像个蒸笼，我快要喘不上气了。

都是因为猫，一只小猫。一只不到五寸大的小猫，让身高将近五尺的我苦于应付。好痛苦。

又来了，那种让人心痒的叫声。

别叫了，我正被你弄得苦不堪言，你的叫声真是要命了。

我躺着看书，它姿态端正地在我枕头边小便，骂它也不走，把它拎到庭院里，还会再爬进来，在房间里拉撒，女仆非常生气。

没有主人的小猫十分纯真，不仅不怕人，还会发出依恋的叫声靠过来。

它的母亲是个把邻居家的鸡全都咬死的恶棍，也是爱偷人家鲷鱼的畜生，那样凶恶的野猫竟然生下了一只如此温柔漂亮的小猫。

虽然小猫并不像母亲，但等它长大了，肯定会继承那副凶狠的模

样，我知道是环境的问题，也想过干脆养在家里，但还是犹豫。

我以前养过猫，那只猫不仅总吐出脏东西令人头疼，还常常把厨房弄得乱七八糟，附近的邻居纷纷对我提出抗议。因为惹出过麻烦的“外交关系”，我一直觉得养猫是件不道德的事，所以不会养这只目前看起来可爱又纯真的小猫。

赶快走吧，做天真烂漫的恶作剧，把房间弄乱我都可以忍受，但在屋里拉撒我是真的怕了。撵它也不走，默许它留下时，它却又在壁龛里小便了。

我把它拎出去，关上隔扇，虽说是秋季残暑，但仍然十分炎热，空气不流通就更觉得闷热，外面还是阴天，我头都疼了，真受不了。

看它不在外面了，我拉开隔扇，海风吹过庭院的树木带来舒畅和清爽之感。我开始写稿，运笔流畅、聚精会神，这时一声猫叫打断了我的专注，它正坐在坐垫上，一副若无其事的样子。

我终于忍不了了，冲它扬起手中的钢笔，在这可怕的刑具下，它像祈求怜悯似的叫了起来。这让我怎么下得去手呢?

我终于把它撵到院墙外面了。

这时朋友来访，我们正在说话，它不知从哪儿钻了回来，跑到缘廊旁边，我赶紧拉上隔扇。

“怎么关上了？天这么热呢。”

“猫过来了。”

“你讨厌猫吗？”

“倒是不讨厌，因为喜欢所以害怕，怕我忍不住打它，而且吃过苦头也不敢再养猫了。”

“很是头疼啊。”

“虽然很热，也只能请你忍忍了。”

我们俩擦着汗聊了“有马猫”[①]的话题，之后朋友就离开了。

当天晚上，一场凉爽的雨拂去了暑热，昨天我因为猫没睡好，今晚一定要好好睡一觉。

深夜，一只妖猫出现，压住了我的胸口。

我从梦中惊醒，发现确实有猫叫，是梦还是妖怪？跳起来一看，那只小猫正坐在我的枕边，它到底是从哪儿溜进来的呢？

---

① 应指1916年上映的电影《有马猫骚动》。

猫料理

猫料理

·村松梢风

猫料理

我家现在有十只猫。为什么会有这么多猫呢？是大约七年前，一只母猫来到我家后生下来的。当时发现之后，赶紧拜托鱼店的年轻伙计把小猫扔到海里。本来也没想养大猫的，但刚生完小猫就被撵出去也太可怜了，就喂它一些牛奶和鱼，最后它就留下来了。它好像本来是谁家养的猫，因为主人搬家之类的而落到了被抛弃的境地，于是盯上我家跑了过来。

它是这里被称为“金泽猫”的一种虎斑猫。据说在镰仓时代，宋朝的船把这种猫带到了三浦半岛的金泽。此后这种猫就在这里繁衍了。到我家来的这只母猫极有魅力，论起美貌来甚至可以超过京都女子。它接连生下小猫，也就是现在我家里的猫。如果再生下去实在让人头疼，就请当地的兽医为它绝育。但不幸的是，那位兽医好像是第一次做手术，大猫被切开腹部后就死了。它咽下最后一口气之前，用力跳到坐在旁边椅子上的我的膝盖上，然后就断了气。我放声大哭。我只哭过三次，长子去世、爱人去世时，还有就是这只猫死的时候。

我家把失去母亲的小猫留下喂养了。都是大猫几次生下的一母同胞的小猫，原本数量更多，有送给别人的，也有死掉的，最后只剩下八只。再加上从别处跑过来的两只，就一共有了十只猫。母猫还活着的时候，因为非常聪明，能很好地统率这些小猫，到了晚上肯定会回到家里。母猫死去后，想到放养肯定没法收拾，就索性在家里各处装了纱门纱窗，让它们不能跑到外边，除了最年长的猫姐姐之外，所有的小猫都拜托熟练的兽医做了绝育。

说到这些猫的食物，从一开始我家就没给过它们米饭，只用鱼来喂。最初喂的基本都是小竹筴鱼，后来渐渐变得奢侈起来，到了现在，单是鱼每天就有六七种。镰仓特产的小竹筴鱼生鱼和不含盐的干鱼是它们的主食，其他的则会随季节变化而定，有鳕鱼、比目鱼、鲣鱼、生干鲣鱼片、金枪鱼生鱼片，夏天还会喂它们烤过的干泥鳅鱼。此外，蛋黄、牛奶也不可缺少，牛排、鸡肝也是经常喂的。

我们还会削鲣鱼干薄片给它们，不是拌在饭里，就是单给它们吃鲣鱼干薄片。四寸左右的小竹筴鱼切开，不加盐，在太阳下晒三天左右，晒干后放在铁丝网上烤，烤到连骨头都酥酥脆脆的，不仅猫喜欢，人也觉得特别好吃。时常有客人从东京过来，我们用这个招待客人，连鱼头带鱼骨都吃得一干二净。

有的猫只吃生鱼片，有的猫只吃小竹筴鱼，当然也有什么都吃的。猫的习惯性很强。同样是小竹筴鱼，因为它们吃的一直是镰仓的海里捕来的，所以只要是东京湾来的竹筴鱼，不管是谁拿着喂，它们都坚决不吃。金枪鱼生鱼片也一样，只要鲜度差一些，就只是闻闻味道之后扭头就走。绝对不会像人一样觉得浪费不好，而勉强吃下去。

每天早晚两回，鱼店会送大量的鱼到我家。还有好几人份的生鱼片，都跟给人吃的一样，从配菜到芥末一应俱全。家里每个房间都是

猫の當字
一勇斎國芳戯画

猫的椅子、高架子、笼子什么的，还放着紫绉绸和缎子的大坐垫，沙箱更到处都是。因为每天都换沙子，每个月会有大卡车过来一次，运来海边干净的沙子，再把旧的沙子运走。有名的兽医每隔十天就从横滨过来给所有的猫做健康检查。

我家的猫过的日子相当于摩纳哥国王过的日子了。如果被主妇联合会的太太们知道了，肯定会翻着眼睛、气愤地把决议书塞到我家吧？但是正相反，只要看到我家的猫，没有人会不惊讶地提问："这是什么猫啊？"其实只是养得好而已。本来它们就都长得漂亮，体重比较重的有七公斤以上，是婴儿的两倍，有小型犬那么大。一只名叫"小三花"的公三色猫有七公斤重，它的美貌和气质是任何名演员和贵公子都比不上的。

就这样，我家所有的鱼都是猫的食物，而且都是从著名的小坪渔场捕来的鱼，因为吃惯了，所以我觉得东京的天妇罗店的食材都很腥，完全吃不下去。去日本料理店的话，有的店从头到尾就只有鱼，但我觉得那些鱼，要么很腥，要么像水似的没有味道，有时真觉得气得不得了，但生气其实是我不对，所以没有别的办法，能不去就不去了。日本人可以说是不得已的猫族，而且其味觉远远不如我家的猫。

七十叟
香蝶画

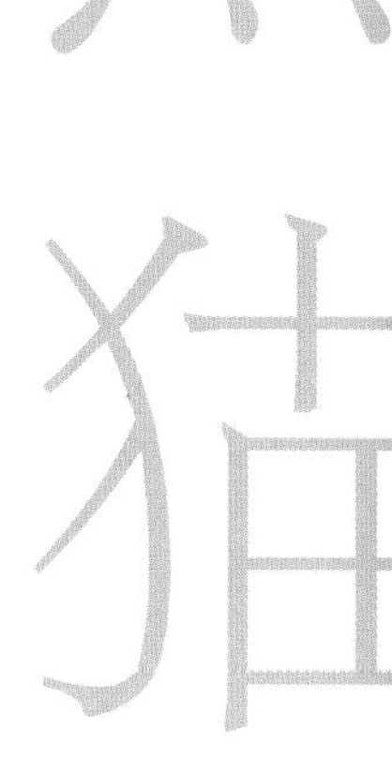

黑猫

· 岛木健作

黑猫

在我病情稍微好转，能躺着看书的时候，最先拿在手里的就是游记。我以前就很喜欢游记，但读得却不怎么多。跟别人聊起来，也发现我竟然没怎么读游记，至少是没法跟某一类随笔相比的。有些地方这一辈子都不可能跟我有什么关系，对其游记我并没什么兴趣，读来一看，能鲜活展现陌生土地的妙笔又实在少见。有些地方我曾去过，抱着怀念的心情去读游记，又会因为自己的了解而发现错误。这种感受应该是大家的共鸣。我自己也写过游记一类的文章，边写边想这种东西到底有谁会去看啊！这么一想，就连自己都失去了信心。然而这次在病床上躺了很久，这才明白对游记最热心的读者一定是病人。

我读过间宫伦宗[①]、松浦武四郎[②]和菅江真澄[③]，也读过歌德、西

---

① 间宫伦宗，1775—1844，即江户后期探险家间宫林藏，其谥号为伦宗，曾在千岛、西虾夷和桦太探险。发现间宫海峡（鞑靼海峡）。

② 松浦武四郎，1818—1888，幕府末年的北方探险家，数次探访虾夷，著有《虾夷日志》等。

③ 菅江真澄，1754—1829，江户后期国学者、旅行家，游历信浓、越后、奥羽、松前，游记总称为《真澄游览记》。

博尔特[1]和斯文·海定[2]。明治以后的作品则不论作者，凡是家里有的我全都读了。家里的这类书本来就不多，都读完以后，就在枕边放上了地理学杂志。我从几年前开始就一直订购地理学杂志，之前一直是堆着而已，这次沉浸其中，感受到无上的乐趣。

最近几期的杂志上连载了某位博士的桦太[3]旅行谈，我觉得特别有意思。其中关于逐渐灭绝的桦太大山猫的故事，强烈地激发了我的想象。桦太的大山猫曾在明治四十一年、大正元年和昭和五年三次被捕获，之后被普遍认为已经灭绝了。但是在昭和十六年的二月，人们又在野田这个地方捕获了一只。这次是一只雌性山猫。猎人派猎狗冲过去，它反而一个劲儿地向猎狗追去。猎人惊讶之下架起了猎枪，大山猫则突然爬到树上，冲猎人的眼睛淋下小便。

我翻来覆去地看这篇简单的报道，对里面的大山猫的照片怎么看都看不够。照片里的大山猫标本是以明治、大正时捕获到的剥制而成，好像其长相跟实物完全不一样。不过，据说大山猫连熊都可以扑倒，其精悍凶猛是毋庸置疑的。大山猫的头和身体加

---

① 西博尔特，1796—1866，德国医生、博物学家，著有《日本》《日本动物志》《日本植物志》等。

② 斯文·海定，瑞典地理学家、探险家，因发现楼兰遗址而闻名。

③ 桦太，即萨哈林岛（库页岛），属俄罗斯联邦，与北海道北部相望，与西伯利亚隔鞑靼海峡。

起来长度接近一米，毛是泛着微红的暗灰色，上面有暗色的圆形斑纹。毛虽不长，但感觉很是厚重。嘴巴一直咧到脸颊。脸颊上还长着一束穗子似的毛。胡须是白色的，很粗——不过，最能体现其凶猛的，要数它那粗壮的，如同柔韧圆棒一样的四肢。

一般来说，腿都是上面粗壮，越到脚腕越细，而脚腕粗通常意味着行动缺乏灵活性。但是大山猫的四肢几乎是上下一般粗的，而且跟身体比起来简直粗长得惊人。这样的四肢虽然带着些许沉重感，却也让人感到一种富于弹跳力的凶猛力量。大山猫用这样的四肢走路，几乎不会发出一点声响。在它的指间，还藏着足以撕裂坚韧熊皮的像剃刀一样的锋利钩爪。

我想象着这凶猛野兽的身影，它双目灼灼放光，在桦太的密林中四处彷徨。大山猫族群已经濒临灭绝，在整个桦太也许只有一到两只，而它是最后一只。这是何等的孤独！可是在它身上全无半点孤独寂寞的影子，有的只是傲然的气度和满满的斗志。不管在什么地方，它都不会失去丛林王者的风范。哪怕被万物灵长的人类用枪口指着，也绝不后退。它甚至都不去研磨自己最大的武器——钩爪，好正面对抗，反而只是从树上抬起后腿淋下小便而已。似乎拿着猎枪的人类对它来说，也不过尔尔。

我不由得露出笑容，大山猫给了我——一个孤独病人最大的安慰。我产生了一种肃然起敬的感觉，甚至可以说是一种精神上的感动。

那篇游记里还写了海豹岛上的海狗。这

种动物与大山猫完全相反，可以说是为了生存和繁衍做到了极致。那里的海狗为了繁衍会打到浑身是血。我曾经在电影里看过海狗的种群生活。它们拍打着鳍一样的前肢，不住弹跳着，声音好似病牛的远鸣，一想起这些真的让我作呕。“膃肭”这个汉字词本身以及“后宫”带来的语感也让我难以忍受。[①]

被大山猫感动后没过几天，一只野猫开始在我家内外出没。虽然只是区区一只野猫，但它那倨傲的做派与大山猫颇有一脉相承之处，所以我很是感到愉快。

最近两三年来，我家附近的猫狗显著增多。无须多言，这是人类社会的粮食不足的问题所带来的一个后果。其中一部分是生来就无家可归的，但近来，曾经有过主人的流浪猫狗也不在少数。它们的样子都十分狼狈，曾经有过主人的就更加落魄。在流浪猫狗里，狗的样子显得更为不堪。因为以前一直靠阿谀人类生活，一旦失去依靠就会格外悲惨。它们为了搜寻剩饭剩菜而来，可现在人的家里也没有这些了。

尽管如此，它们还是每天执着地过来，在院子前和厨房门口徘徊。篱笆墙扎得再紧，也会不知什么时候就被钻出洞来。也许它们觉得，盯得次数多了，就总能有机会把厨房里的东西叼走。而且它们也会在秋日的阳光里晒晒太阳。最讨厌它们的是我母亲，因为母亲在院

① 膃肭，是阿依努语的音译，意为海狗。海狗在繁殖期会组成“一夫多妻的王国”，即后宫，harem。

子里耕种，而它们总会把田地踩得乱七八糟。

那段时间里，我每天能走到院子里待十五分钟左右。到院子里看见它们，我也觉得很讨厌。我特别不喜欢狗。以前有主人的时候，我只是从那家门口经过，它就一直叫个不停，可现在它却摆出一副自来熟的样子，摇着尾巴凑过来，还一直观察我的脸色。感受到我无声的敌意，它就立刻夹着尾巴踉踉跄跄地逃开，去吃掉在地上的烂柿子。

猫虽不像狗那样低三下四，却比小偷更加厚颜无耻。完全不管人还在家，直接就往屋子里钻。在榻榻米上留下泥脚印，在房间里跑来跑去，还长时间躺在坐垫上，不知道是不是在回忆过去。可是只要看到人的眼睛盯上它，就会立刻逃出去。

就在这样的时候，那家伙出现了。

那家伙以前的经历谁都不了解。它是一只很大的黑色公猫，体形有寻常猫的一倍半。它颇有威严，表情也相当严肃。它的尾巴很短。在它转身离开时，能看到它短短的尾巴下面，屁股中间，有两个紧致的，像某种果实一样的大睾丸，而且毫不乱晃，紧凑地并列着，一看就极有男性的感觉。

要说它的缺点，就只有一个，也就是毛的颜色。如果是纯黑的，也是相当了不得的，但遗憾的是，虽说它是黑猫，却是那种泛着灰色，看上去有些脏的黑。看到这个毛色，便让人觉得它果然只有成为流浪猫的命了。

它一点都不惧怕人类。哪怕跟人正面对视也不会逃开。它不会钻进家里来，如果我靠在二楼窗边的椅子上睡觉，它会到屋顶上，来到我的正上方，毫不客气地盯着我的脸，它自己则悠闲地躺在阳光下，也好像能完全理解我的心情。它走起路来总是威严沉着、不徐不疾。它应该也是饿着肚子的，但不管它在哪儿吃东西，从来都不会有大口猛吃的样子，也从来不去偷厨房里的食物。

“真是个光明正大的家伙啊！”我佩服地说，“从来没偷吃过东西吗？”

“嗯，还什么都没偷过。”家里人回答。

“偶尔给它点吃的吧。”我说。虽然世道并不景气，但喂它一点东西也是可以的。

老家的人到东京来，顺便给我们拿来一些咸鲑鱼。当天晚上，厨房久违地弥漫着烧咸鲑鱼的香味。到了半夜，我被楼下的动静吵醒。母亲和妻子都起来了，厨房里传来她们的说话声。很快，妻子上来了。

“怎么了？”

“是猫，钻进厨房了。”

“门窗不是都关好了吗？”

“从缘廊下面钻进来，顶开盖板进去的。”

“偷走了什么吗？”

“没有，倒是什么都没偷走。因为那个时候妈妈正好起来。”

“是哪只猫？”

“这就不知道了，我觉得是那只虎斑猫。”

在附近晃悠的猫太多了，没法判断是哪只，但没有一个人怀疑黑猫。

第二天晚上又同样闹了一场。

于是，母亲和妻子在盖板上压了一块相当大的腌菜石。但那天晚上，猫用脑袋把腌菜石顶开，又钻了进来。母亲跑过去的时候，小偷早已经跑得没了影。我给那只小偷猫起了个“深夜怪盗”的名字，觉得很有意思，可母亲和妻子却根本没那个心情，因为实在太影响睡眠了。

这时，母亲首先将怀疑的目光投到那只黑猫身上。能顶开那么大的一块石头钻进来，小偷猫肯定有不小的力气。因此母亲确信，除了那只黑猫以外，没有其他可能了。

这个看法的确合理。但看到黑猫时，我还是半信半疑的。那段时间每天晚上猫都钻进来，可在白天，黑猫还是以平时那副样子出现在我家周围，从头到脚没有一点变化。如果晚上的小偷真是它，那它也未免太平静、太悠闲了。我心里思索着，正面盯着它，它则是一副全不在意的样子。

然而，母亲不肯作罢。

一天晚上，厨房传来很大的动静。妻子吓了一大跳赶紧跑下楼。因为动静比平时大了许多，我也不由得竖起了耳朵。声音最开始是从厨房传出来的，之后又移到旁边的浴室了。在东西的掉落声、翻倒声里，还间或响起母亲和妻子的叫声。

最后，声音终于停了下来。

“已经没事了。剩下的我来收拾，你快去睡吧。”

“没事吗？”

“没事。就算是这家伙，也没法挣开绳子。今晚就先这么着……真是，看把大家给闹的。”

我听见母亲的笑声。

妻子走上楼来，脸色有些苍白。

“终于抓住了。”

“是吗？是哪只？”

“就是那只黑猫。”

“欸？是吗……”

“妈妈把它赶到浴室用木棍打，趁它没劲才按住了。可费劲了……挣扎得厉害……劲儿太大了。”

“肯定啊，是那家伙嘛……不过没想到啊，真的是那家伙啊……”

妻子说猫被绑在浴室了。母亲表示都由她来处理，不用年轻人沾手了，即便她这么说，妻子也是吓得不行。那时秋夜正冷，妻子便又躺下了。

我无法很快入睡。它就是小偷，这个事实让我夜不能寐。我并不觉得意外，也没有被背叛的感觉。不知道为什么，我很想痛快地高声大笑一场。也许是对它大胆无畏的赞叹吧。说起来，它从开始到最后都没叫过一声。我也是刚刚才发现的。我想象着楼下浴室里它被紧紧绑住的样子。母亲已经去睡了。浴室里没有叫声，也没有一点响动。让人忍不住想，它不会逃掉了吧？

第二天一早，母亲把它从浴室拽出来，绑到后院的树上。

“妈妈准备怎么处理？”

“肯定是杀了啊。妈妈说那不是年轻人该看的，不让我过去呢。”

我想让母亲留下黑猫的命。我觉得它是个值得活下去的家伙。我被它那种毫不阿谀谄媚的孤傲深深吸引。晚上闹出那么大的动静，白天的举动却一点都没表现出来，面对我的视线也毫不退缩。这家伙不是厚脸皮，而是堪称胆识过人，我觉得仅凭这份胆识，它就有资格活下去。

如果变成人，它肯定是一城或者一国之主。之所以成为流浪猫都是因为命运的捉弄。毛色不纯，这个偶然支配了它的命运，但它对此不管不顾。卑劣谄媚的同伴衣食无忧，它却遭到抛弃，这可以说是人类的耻辱。

而且它即使沦落到流浪也绝不会低三下四。它不偷偷摸摸地溜进厨房，而是光明正大地断然夜袭。它拼尽全力搏斗，被抓了也不做无谓的抵抗，甚至连叫都不叫上一声。

但是我没法对母亲开口。在现实生活里，我的这种想法不过是病人的奢望罢了。今年春天，我和母亲有过一个小冲突。我租住的房子的院子里种着几棵树，有柏树、枫树、樱树和芭蕉。从春天到初夏，这些树绿意葱茏，十分美丽，我还把病床挪到能看见它们的地方欣赏这番美景。

可有一次，母亲毫不爱惜地把这几棵树的枝叶剪得惨不忍睹，其中一棵树的枝叶几乎被完全剪光了。我发火了，但立刻在心里道了歉。母亲不是不爱树木，也不是不明白树木的美。只是母亲要让阳光照到她开辟的菜园上。母亲弯着腰，拿着铁锹施肥，把狭小院子的边边角角都种到了，只因为她一心想让生病的儿子吃上新鲜的蔬菜。

虽然遗憾，但我不得不承认，为了争夺食物，猫和人之间的关系已经变成了没有半分愉悦的纷争。如果食物被偷走，人已经很难像以前那样一笑了之。就算晚上只被影响了三十分钟的睡眠，对他们来说也跟过去的三十分钟不一样了。

我身为病人，没法开口说自己喜欢那只黑猫的流浪态度……而且只要被惩罚过一次，那家伙也不会再做第二次了吧。只要想一想就不得不说，我的这个想法实在太过天真了，那家伙是肯定不会那么老实的。

下午我有一段固定的静养时间，本来没想睡的，却还是睡了一会儿。妻子出去领配给物，费了不少力气才拿回来。我一醒过来就立刻想起猫的事。天气好的日子，母亲照惯例一整天都待在院子里挖土。我仔细听了一阵，后院没有任何动静。

一上二楼，妻子立刻对我说："妈妈已经处理完了。我刚才回来，往芭蕉树下扫了一眼，看见用草席包着呢，爪子还露出来一点……"

妻子的那副表情好像是看见了不该看到的东西。

母亲用了什么方法呢？老人的感情有时十分丰沛，有时则冰冷无情。母亲应该是以老人的态度平静地处理了吧？但就算到了最后的时刻，它都没有“喵”地大叫出声吗？不管怎么说，幸运的是我睡着了，妻子出门办事去了。母亲是特意选了那个时间吗？

傍晚时分，母亲出去了一趟，那时芭蕉树下的草席包不见了。

从第二天起，我依然和以前一样，每天到阳光正好的院子里待上十五到二十分钟。黑猫不在了，只有那些卑劣的家伙慢吞吞地四处走来走去。它们既无聊又卑劣，就像我那不知何时才会治好的病。我比以前更厌恶它们了。

鳥文斎栄之筆

猫

ねこ

丰岛与志雄

人们都说，猫是唯物主义者。

这种观点认为，猫并不属于饲主，而是属于饲养它的那个房子。饲主们搬家的时候，猫跟着他们到新家去就安定不下来，会想要回到旧房子里。那里变成空屋也好，有别人住进去也罢，猫全都不管，会继续住在那里。所以，跟“喂养三天，感恩三年”的狗恰恰相反，猫可以说是“喂养三年，三天就忘”。但如果反过来看，对养过它们的房子，狗是“生活三年，三天就忘”，猫则完全相反，是“生活三天，三年不忘”。

大概十年前，一只小猫钻进了我家。撵它也不走，把它扔到外面还会再次钻进来，对着我们这些生人叫唤着撒娇。毫不在意地吃东西，坦然自若地打瞌睡，真是一个满不在乎又厚脸皮的闯入者。我们在那房子里已经住了五六年，猫也不大，还不到一岁，所以不用说我们了，它对这房子也显然是不熟悉的。尽管如此，它也理所当然地把这里当成了自己的家定居下来。看样子，它比我们还喜欢这座粗糙的房子。

这只猫的脑袋和后背都是红褐色的，上面带着黑色的线状虎斑，从脖子到肚子和脚尖都是白色的，尾巴不长，就是一只普普通通的母猫，但我们也就这样养着它了。

两年以后，我们搬到其他房子去了。新家跟之前的房子只隔了四五个街区，因为已经养出了感情，所以我们有些担心猫会不会跑回旧房子去，但是什么都没发生。我们没遮它的眼睛，只是抱着过来了，也没必要拴着它，它依然是一副理所当然的样子，跟我们一起在新房子里住下了。比起房子，它还是跟饲主更为亲近。

之后，这只猫每年都会怀孕一两次，照顾它生小猫、给出生的小猫寻找饲主等，都让我们费了不少心思。就这样，它在我们家扎下了根，彻底成了我们家的一员。

上小学的三个孩子围成一圈玩耍时，猫就钻进去蹲在正中。一个孩子开始学习时，它就坐到桌子上。孩子们总是抱怨“猫影响我们玩”，但是到了睡觉的时候，他们又抢着把猫搂进自己的被窝里。暑假，家里人会出去旅行，留下看家的人说，我们不在家时猫看起来很是寂寞的样子。我们一回来，猫就高兴得不得了，不是在我们身上蹭来蹭去，就是舔我们的脸……

我心中暗道，没想到，这只猫并不是一个唯物主义者。

去年夏天，朋友家里生了只纯白的长尾巴小公猫，说好要送给我，所以小猫出生刚满两个月，我就去把它接回了家。我一直想养两只长尾巴的公猫，一只纯白的、一只乌黑的，这回我的愿望算是实现了一半。

这个暂且不谈，但这时我碰到了一个意料之外的问题。家里的猫对新来的小猫一点都不亲近。小猫倒是毫不在意，经常把它当成自己的母亲，依恋地凑过去，大猫则会瞪着它发出威胁的叫声，有时还会挠它。为了让它们彼此熟悉，我把两只猫一起抱到膝盖上，这么一来连小猫都害怕了，两只猫都蜷着身体，缩着脖子，不时发出低低的吼叫，最后都从我膝盖上跳下去，各自蹲到一个角落里。这样的状态持续了两个星期。但吃东西的时候它们倒没闹过。

现在想来，大猫之所以不亲近小猫，应该是因为它怀孕了。虽然身上的毛颜色依然鲜艳，看起来还是很年轻，但它已经是一只十多岁的老猫了，牙齿也掉了几颗，“已经不能生小猫了”，那年春天它生了场小病，当时医生也这样说。没想到隔了很久之后它又怀孕了。

白色小猫来了半个月左右，这时，家里的猫生下两只幼崽。不知道是不是因为它年纪大了，幼崽发育得不太好，生下来很快就死了。

过了一天，早上我被孩子们的叫声吵醒。跟他们过去一看，真不可思议，大猫正抱着白色小猫给它喂奶呢。之前明明对小猫那么反感，现在却完全改变了，如同爱抚一般地抱在怀里，小猫则叼着乳房吮吸。我们不知道头天晚上到底是谁先做出了改变，现在，两只猫简直跟亲母子一模一样。

还不止如此。之后大猫的态度成了典型的“歇斯底里般地爱抚”。只要看不见小猫的影子，它就会四处奔跑寻找，高声大叫。小猫爬到院子的树上或者屋顶上，它会发出警惕的叫声把小猫唤回来。小猫爬到很危险的墙上，它就会飞跑过去，把小猫叼回来。“老婆婆”把已经不小的孩子叼回来，这实际上是颇为危险的。然而小猫觉得这样很有意思，并不肯听大猫的话，大猫便越发地歇斯底里，于是两只猫就闹在了一起。等到闹累了，就彼此舔舔，在阳光下睡觉。洗完澡以后，它们会互相舔舐身上湿漉漉的毛，靠在一起取暖。

从大猫的态度判断，它似乎把已经两个半月的小猫当成了刚刚出生的幼崽，还认为那就是自己生的孩子。但它好像唯独没有想过，自己生的这个孩子体形大得惊人。更进一步说，在幼崽死后，大猫身上还留着母爱，而这份爱选择了小猫作为对象。但这对象可以是自己的孩子，也可以是别人的孩子，可以是小的，也可以是大的，其本身并不是固定的。母爱只是在自然地发挥着作用。

从广义来看，这份无视对象的母爱正是极端的唯物主义。某种吝啬最终会变成黄金崇拜；某种名誉心最终会变成勋章崇拜；某种色欲最终会变成肉体渴望。种种感情或欲望如果走到极端，大多仅仅成了唯物主义。我家的猫的母爱，变成了只为自我满足的唯物主义。然而也是身为猫的悲哀吧，这份爱没有沦为对玩偶娃娃的爱。之后，小猫因为生病而死掉了，大猫的悲伤任谁看了都会觉得可怜。但是，我并不知道任何一个能给它小猫玩偶的法术。

我还是想养一只纯白的长尾巴公猫和一只乌黑的长尾巴公猫，在这个愿望实现之前，家里这只猫婆婆孤零零的，很是寂寞。它非常亲人，属于饲主而非房子，但在心理上，它又是更加唯物主义的，这莫名地拨动了我的心弦。

犬阪毛野
岩井紫若
梅屋
一勇齋國芳画

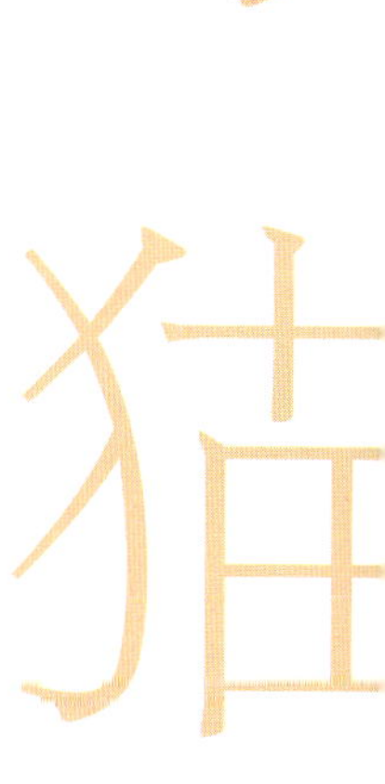

小猫 · 寺田寅彦

我家此前从未养过猫，但去年夏初，因为一个偶然的机会，两只猫来到我家，在家人的日常生活里留下了极为鲜明的影子。它们不仅单纯地让孩子们有了一个可以爱抚，或者说捉弄的对象，也在我自己的内心世界里投下了一道微弱的光芒。

我首先惊讶于这种小动物身上表现出的性格差异，其后，不会说话的动物和人类之间产生的迅速的情绪反馈又让我再次感到惊讶。于是在不知不觉间，这两只猫在我面前已经彻底人格化了，我觉得它们已经成了我的家人。

这两只猫，母的叫三花，公的叫阿玉。三花是去年春天出生的，阿玉则要晚两三个月。到我家来的时候，它们都是真正的小猫，短短几个月的时间里就长成了大猫，家里的孩子希望它们一直都是小猫，但它们把这愿望抛在身后，毫不留情地成长着。

三花神经十分敏感，所以多少有些难以接近，又我行我素，要求非常高。一举一动都带着无法形容的典雅之感。它应该是极为显著地具备了猫的所有特性，换句话说，它可能是最典型的猫里面最典型的母猫。实际上，它很会抓老鼠。家里面早就看不到老鼠的影子了，但它还是从不知什么地方叼了大大小小的老鼠回来。不过它是绝对不吃老鼠的，只是把它们扔在一边，有时阿玉自作主张地给吃掉了，有时我们用绳子把老鼠绑好送到交番[1]去。即使是直接关系着生存的本能的表现，在猫身上也已经完成了清晰的分化，换句话说捕鼠已经变成了一种“游戏”，这是应该注意的。

与三花相反，阿玉神经比较迟钝，虽然很老实，举止却很是粗俗朴素，甚至有时会让我联想到狗的某些特性。刚来我家时它不怎么会上厕所，非常贪吃，吃相也不好看，家里的女性成员对它的评价都特别不好。所以自然而然地把食物里好的部分给了三花，剩下那些差的部分则都给了阿玉。

不可思议的是，粗野的阿玉对食物的品位逐渐提升，同时它那不体面的食欲却渐渐变得普通了。它的举动多少变得落落大方了些，但与生俱来的粗俗感却没那么容易消失。就拿穿过隔扇的活板门来说吧，三花无论身体的哪个部分都不会撞到隔扇的木条，总是轻巧、安静地穿过去，也几乎听不到它过去以后落下的脚步声，举动非常柔和。但阿玉的情况就完全不同了，肚子、后背或者是后腿，总会有一个地方撞上隔扇的木条，发出奇怪的声响。而到了会发出很大脚步声的缘廊上，与其说它是落下去的，不如说更像是掉下去的。

我不知道它们两个的这种区别是不是公猫和母猫之间的普遍差异。但仔细一想，在同一性别的人里，类似的差异也十分明显。从

① 交番，日本警察机构中的基层机构，类似派出所，但更深入社区，规模也相对较小。

一个房间走到另一个房间时，有的人一定会撞到房间中间的隔扇，走在缘廊上也必定会发出重重的脚步声，而有的人几乎一点声音都不会发出来，安静得甚至有些可怕。这样一想，三花和阿玉的主要差别果然并不完全是性别造成的，还是应该归于性格的差异。

从今年的初春左右开始，三花的生活发生了明显的变化。之前几乎从来不离开家的它，开始每天外出了。以前看见别处的猫，它总是出奇地害怕，表示出不小的敌意，现在则不知道怎么回事，我竟然看到它跟一只陌生的猫一起在院子的角落里散步。有时一整天，甚至更长时间都不见它的踪影。最开始我担心它是不是被杀猫的人害了，还在附近到处找过，结果到了天亮时分，它自己悄悄回来了。平时光泽顺滑的毛莫名地脏了一些，脸明显瘦了很多，眼神也变得锐利了。之后它的食欲也明显下降了。

孩子们也曾跟我说过，我们家的三花好像跟一只奇怪的贼猫在邻居家的屋顶上打了一架。

我莫名地觉得有些可怕。在它自己什么都没察觉的时候，由于不可抗拒的“自然”的命令，这可爱的小动物的体内正逐渐发生着无法避免的变化。它对此一无所知，只是一边在这不可思议的威力的压迫下瑟瑟发抖，一边在初春寒霜的夜晚，漫步在陌生人家的屋檐上。我再一次感受到自然法则的可怕，同时猫完全不知道那可怕的法则究竟是何目的，这也让我为它感到悲哀。

很快，三花的生活恢复了以前的那种平静，但那时它已经不再是一只小猫了，而是成了一位真正的“母亲”。

日常出入的隔扇活板因此变得日渐狭窄。它每次进出时，沉重的腹部总会重重地撞在隔扇上。有一次它甚至闹出比没规矩的阿玉更大的动静，才总算钻了过去。即便是人，如果戴了比寻常帽檐更宽的草帽，也会判断失误，撞上很多东西，所以三花的神经再怎么敏锐，想要适应每天都在发生的身体变化，调节自身的运动能力，也是力不从心的。不过我觉得，这倒没有对胎儿和母猫产生什么不好的影响，况且我也确实无能为力，所以只好放着不管了。

家里的孩子们经常一起讨论，不知道会生下什么样的小猫，还提出了种种任性的愿望。他们在各自的小脑袋里描绘着那奇迹般的一天，也都在热切地盼望着。还对父母提出，这次生下的小猫要全都养在家里。

一天，家里人一起去参观博览会了。我留下看家，在难得安静的楼下客厅里工作，这时我听到三花发出了非同寻常的叫声。那声音跟撒娇要食物的叫声，以及看见从外面回家的主人的叫声多少有些不同。而且三花表现出莫名的不安和慌乱，它好像要到我身边来却跑去了缘廊，又在储物间找什么东西似的彷徨无措，发出悲伤的号叫。

虽然毫无经验，但我直觉地明白了三花这非同寻常的举动的含义，同时也觉得头疼不已。妻子不在家。留在家里的我、母亲和年轻的女仆也都没有任何相关知识，不知道在猫生产时该如何妥善处置。

不管怎么说，我还是找了一个旧柳条箱的盖子，在里面放了一个旧坐垫，把箱盖放到饭厅柜子的阴影里，又把三花放了进去。然而这只对坐的地方和睡觉的地方都十分挑剔的猫，没法安心地在这不习惯的产房里睡下，像被什么东西附体了似的，一直在那个地方徘徊。

午后我上了二楼，女仆在楼梯下面高声诉说三花的异常情况。我下楼一看，三花正在客厅的缘廊下面，拼命舔着一个沾满尘土的灰色的肉团。这海参似的肉团看着几乎不像是活的，却不时发出与外观毫不相称的尖锐叫声。

三花看上去完全束手无策。它想叼着小猫的脖子去庭院那边，中间又把小猫放到地上再次舔了起来。终于，它叼着这个沾满泥土、有些恶心、湿漉漉、脏兮兮的小东西进了我们的客厅，又把它放到我的坐垫上，好像要在上面采取人类接生婆对待新生儿的处理方法。我赶紧把那个柳条箱的盖子拿过来，把这对母子安置进去，但三花一刻也不想待在里面，又立刻在客厅里拖着小猫走来走去。

我不知如何是好，便把箱盖搬到里面的储藏室，把三花母子关在里面，虽然觉得有些残酷，但家里的榻榻米都被弄脏更会让我感到无法忍受的不快。

储藏室的门上传来激烈的抓挠声，突然，高处的双重格子窗上出现了三花的身影。它叼着小猫站在上面，想要从窗户的缝隙中钻出来，发了疯似的拼命挣扎，样子十分可怕。那时三花的样子和可怕的眼神，至今都深深地印刻在我的脑海中，无法忘却。

我赶紧打开门一看，小猫浑身都变得漆黑，三花的四条腿也像穿了绑腿似的变黑了。

因为我想在这段时间里涂抹板墙，就把防腐涂料倒在桶里放在储物室的窗户下面，小猫应该是掉进去了。从头到脚都是涂料的小猫看上去已经明显停止了呼吸，但还有一些可以辨认的轻微起伏。

身为残酷的人类，我感到最为苦恼的是沾满防腐涂料的三花的脚和小猫会把家里的榻榻米都弄脏，于是立刻拎起三花去了浴室，开始用肥皂给它清洗，然而黏稠的油料已经渗进密密的毛发里，没那么容易洗掉。

这期间，小猫已经辨认不出生命迹象了，我立刻把它埋到后院的桃树下。但埋过之后，我心里感到十分不安，也非常不舒服，小猫该不会还活着吧？然而我也没有再次挖开来看一看的勇气。我想那个沾满黑色油污的、令人厌恶的肉团应该不会活过来了。

很快，家里人都回来了，在他们听我讲述看家期间发生的非常事件时，三花又开始了第二和第三次分娩。我立刻把一切都交给妻子，自己上了二楼。我坐在桌子前，好不容易才平静下来，这才发现本就病弱的自己因为神经异常兴奋而感到疲惫不堪。

后生下来的三只小猫都立刻死了。我忍不住怀疑，被关进储物室以后三花的身体和精神都受到了剧烈的刺激，这会不会就是造成死胎的原因。这个怀疑一直像细小的伤疤一样留在我的内心深处。而想到那只在桃树下和三只同胞一起长眠的小猫，一种不安的情绪也许将会永远在我的良心上留下轻微的刺痛。

产后的经历也颇不同寻常。三花完全丧失了食欲，忧郁地眯着眼睛，整天都弓着身子坐着。一摸它就会发现，它全身的肌肉都在轻轻地颤抖。我觉得如果就这么不管它肯定会很危险，于是立刻把它带到附近的兽医院。好像它的肚子里还留有胎儿，需要做手术，所以最好暂时留在医院。

它住了十来天院，每天孩子们轮流去看它。他们回家后，我问三花的情况怎么样，却总是得不到清晰的回答。他们还被医生提醒过，过于频繁地来看会刺激到猫的神经，不利于病情恢复。

代人照顾不会说话的动物，为它们提供治疗，一想到这点，我就觉得兽医这个职业十分神圣。他们的患者无法判断住院期间受到的待遇，对此也没有任何记忆，就连回家以后也没法对人类讲述，但他们依然理所当然地为这些患者提供真诚而亲切的治疗，这是多么美好啊。

出院以后还有一段时间要去拿药。那些散剂的包装袋跟人的药完全一样，只不过名字的地方写的是“吉村氏爱猫”[①]，后面还印着一个“号”字，也许是省略了“三花号”吧。不管怎么说，从那之后“爱猫号”就成了三花的外号，在孩子们中间流传起来了。

一天，孩子们放学后抱了一只陌生的小猫回来，好像是被人扔

---

① 寺田寅彦多用吉村冬彦这一假名发表文章。

在我家门口的。这只小猫黑白相间，尾巴很长。放它在缘廊上走，腿还都没什么力量，像纺绸一样光滑的脚掌无力地在地板上慢慢往下滑。我把三花带来，让它们见面，三花却非常惊恐，背上的毛都竖起来了。可几个小时以后再去看，不知是谁把壁橱里的风琴凳子放倒，形成一个凹下去的小坑，三花伸长身子躺在里面，那只小猫正吮吸着它的乳房吃奶。小猫的喉咙发出微弱的吞咽声，三花则发出我迄今为止从没听过的“咕噜咕噜”的叫声，默默地来回舔着小猫的后背和脑袋。

它曾经觉醒又被中断的母性，因为这只陌生的小猫而苏醒了。我心中不禁充满了柔和的满足，既为这失去孩子的母亲，也为这失去双亲的孩子。

在三花的脑海里，可能不明白没有双亲的小不点和自己所生的孩子的不同。它只不过是在本能的驱使下，仅仅全然出于自我满足的需要养育着这个养子。然而我们人类却很难如此看待此事。三花用充满热烈感情、好似哭泣的声音，“咕噜咕噜”地叫着，舔舐着这只小猫，看到这样的情景，我们会不自觉地感到被一种柔软的情绪所包围。我也深深觉得，所有讨论人类与动物之间区别的学说都显得极为愚蠢而且不足轻重了。

不知怎么，我陷入了一种幻觉，这个小不点其实就是三花死去孩子中的一只。如果依据人类的科学，这显然是不可能的，但是在猫的精神世界里，这的确是死去孩子的再世。如果人类的精神世界是N次元的，那么没有“记忆”一事的猫的世界或许可以看作是N-1次元的。

小不点渐渐长大，也越来越可爱了。跟三花和阿玉不同，它有长长的尾巴，同时也有三花和阿玉都不具备的性格。打个比方吧，如果三花是传统老派的年轻母亲，阿玉是乡下来的读书人，那小不点就是都市山手一带的少爷。有点爱耍小聪明，却不招人讨厌，反而惹人喜爱。

它小小的后背立着，长长的尾巴弯成了“へ”字形，总是想找养母三花打架，而三花则很有妈妈的样子，总是敷衍地哄它高兴。如果小不点实在闹得太厉害，三花就认真地把它当成对手，相当粗暴地绞住小猫的脖子把它放倒，之后自己就跑开了。不过我觉得，三花在这种场合下不会用脏话大骂，单是这一点就已经比人类中某些母亲好上许多了。小猫也是，不管被怎么粗暴对待都不会乖僻、闹别扭，这也比我们人类的孩子强多了。

等到能独立生活时，小不点被亲戚家要走了。来接它的老仆到家里时，孩子们把小猫带到三花身边，七嘴八舌地说个不停，想让它们惜别一番，但它们没法理解这样的事情。小不点离开以后，三花好像什么事情都没发生过一样蹲在缘廊的柱子下面，心情很好似的眯着眼睛。在罪孽深重的我们人类看来，有种莫名的寂寞之感。自那之后的一两天，我发现它有时会有在家里四处寻找小猫的影子，但也仅此而已，我家的猫终于恢复了往日的悠闲与平和。与此同时，此前几乎被我们遗忘的阿玉，存在感渐渐变得鲜明起来。

因为小猫，阿玉得了一个“舅舅”的外号。作为十分冷淡、没表现出爱意的舅舅，它总是成为负面评价的焦点，不过那也是过去的事了，它已经长成了一只大猫。就连跟小猫对比十分明显，一看就是母亲的三花也是这样。我见过它被我最小的孩子抓住，挣扎地叫着想要逃开的样子，更加感到一种幻灭。

到了夏末时分，三花第二次生产。这次也很巧，正好赶上妻子要带着孩子们出去，但是看三花的样子有点奇怪，就推迟了外出，留在家里照顾它。储藏室角落的暗处不知什么时候放了箱子，我们让三花躺在里面，不时抚摸它的腹部，它喉咙里发出激动的叫声，好像很高兴，并且很快顺利地生下四只小猫。

对人类准备的床铺好像怎么都无法放心，母猫总是把四只小猫叼到储藏室里高高的架子上。不管怎么劝，孩子们都不听，总是搬出高梯子爬上去偷看它们。我莫名地想起契诃夫小品文里小猫和孩子的故事，也就没有严厉阻止他们了。

小猫的眼睛快要睁开的时候，我经常把它们从架子上拿下来放到榻榻米上，让它们在上面爬来爬去。那时，家里人都会围成一圈，欣赏这个难得的奇迹。如此日复一日地重复，小猫们原本迈不稳的脚步明显迈稳当了。从单纯的感知集合开始构成经验和知识，这种发展规律恐怕和人类的婴儿十分相似。而不能否认的是，和人类婴儿相比，小猫们的进步速度简直快得惊人。和智力渐近线相距较远的人类相比，动物的智力渐近线相距较近，靠近速度也更快，这个事实相当值得注意。与物质相关的科学领域里类似的例子也很少见吧。

两只小猫毛色基本与三花差不多，一只叫“太郎”，一只叫“次郎”。剩下的两只是阿玉那种红褐色的，上面带着灰色和茶色的条纹，所以一只叫“阿红”，另一只叫“小猴”，小猴是因为脸上的条纹很像歌舞伎里的猴脸[①]，所以被起了这样一个名字。因为背上的斑纹很像老虎，这种猫又叫作“鵺”[②]。只有这只是母猫，其他三只都是公猫。

随着它们的成长，四只小猫的个性差异也逐渐显现。太郎性格稳重，招人喜爱，又很有男子气概；次郎很有少爷的做派，这点跟太郎很像，但多少有点粗鲁，也有些迟钝；阿红的长相有点像神经质的狐狸，可实际上胆子很小，戒备心很强，很少有孩子气的时候；小猴是母猫，非常有雌性特点，一抓它就会发出尖锐的惨叫声，让人吓一大跳。

如果把阿玉带来放到小猫中间，阿红和次郎会怕得不得了，后背弓起来，拘谨得厉害，而太郎和小猴很快就会习惯，没什么问题。阿玉则依然是那个极为冷淡的舅舅，总是一副嫌麻烦的样子，很快就跑到别处去了。

对这四只小猫，四个孩子的感情各不相同，这也是无从插手的自然之理。虽说有爱憎不好，但如果真的存在一个没有爱憎的世界，那该是多么寂寞啊。

四只小猫也分别被人领走了。太郎去的人家据说夫妇俩都在百货商场工作，次郎去了一个稍远点的宅邸，阿红去了独自居住的退休老

---

① 歌舞伎中，在额头上用红色画三条横线代表猴脸。

② 鵺，一种传说中的怪兽，据说头似猿，身似狸，尾似蛇，脚似虎。

人家，小猴去了附近电车道旁边的冷饮店，都各自离开了这个家。为了留个纪念，在它们被送走之前我用油画颜料画了四只小猫熟睡的写生，现在还放在书房的书架上。虽然我画得并不好，但每次看到，都觉得自己的心变得柔软了。

太郎去的那家跟我家多少有些亲戚关系，所以小孩子们经常过去看看情况。小猴所在的冷饮店非常方便，路过就可以去看看。到了秋天，冷饮店变成了红薯店。我有时能看见小猴在店门口的向阳处团成一团呼呼大睡。每次从门口走过，我好像总会往店里看一看，发现这一点以后我自己都觉得很好笑。

现在，家里也总会说到那些小猫的消息。猫无从躲避的命运之顺逆总是我们讨论的问题。最近死在附近的排水沟里的一只可怜小猫就成了例证，在同样的命运作用下，有人觉得被捡起来带到富裕的人家，交给三花抚养的小不点是最幸运的，也有人觉得去了退休老人家里的阿红是最惬意的。妻子特别喜欢太郎，因它没有好运而遗憾不已，我则总是牵挂着在红薯店门口睡觉的小猴的未来。

一天深夜，我在回家的路上来到红薯店的街角，看见小猴慢慢地走在小巷的垃圾箱旁边。我凑近摸它的脑袋，它没有一点想跑开的意思，乖乖地让我抚摸着。它后背上的骨头都瘦得凸了出来，没什么光泽的毛摸着有些扎手，让我感到十分难过。

我怀着女儿出嫁后“父亲”的心情，穿过月光朦胧的小巷，急匆匆地向近旁的自己家走去。

我对猫怀有一种纯粹而温暖的感情，对人类却无法抱有这样的情感，对此我感到遗憾。要使这种感情成为可能，也许我必须成为比人类更高一层的存在。那自然是无法做到的，就算真的做到了，那时我感受到的恐怕只有超人的孤独和悲哀。

身为凡人的我还是疼爱一下小猫吧，对人类则只能把他们当作人类来尊敬、亲近、畏惧或憎恶，便再无其他了。